Es wird zu viel Mist publiziert, da muss man wirklich wissen.
Dr. Axel Stoll, promovierter Naturwissenschaftler

Aus: „Muss man wissen! - Ein Interview mit Dr. Axel Stoll"
Bartoschek/Waschkau/Waschkau, jmb-Verlag, Hannover, 2013

Neues aus Neuschwabenland

Aus den Tagebüchern des Führers
(Adjutanten)

Edition Roter Drache

Hinweis des Verlags:
Um den Forscher und interessierten Laien einen unverfälschten Eindruck zu vermitteln, verzichtete der Verlag auf die Transkription des Tagebuchs und druckt hier die gewaltfrei getippten Originalseiten des Tagebuchs ab.

1. Auflage 20. April 2014

Edition Roter Drache, Holger Kliemannel, Haufeld 1, 07407 Remda-Teichel
edition@roterdrache.org; www.roterdrache.org
Buchgestaltung: Edition Roter Drache
Titelbild & Umschlaggestaltung: Milan Retzlaff, www.man-at-media.de
Die 12 Zeichnungen im Innenteil stammen von Ari Baker
© Neuschwabenland-Uniform: Atrimo - Gewänder mit Charakter
Gesamtherstellung: AALEXX Buchproduktion GmbH

Auf rassenfreies Papier gedruckt.

ISBN 978-3-939459-77-4

Einleitung

Eigentlich war ein Bad Hair Day am Untergang des Deutschen Reiches schuld. Dabei hatte alles so gut angefangen. Maria Orsic, ein Medium auf der richtigen Wellenlänge, hatte sich 1919 mit ihrer Freundin Traute und dem damaligen Who-is-Who der okkulten Szene in einer abgelegenen Berghütte in Berchtesgaden getroffen, um dort die *Alldeutsche Gesellschaft für Metaphysik* zu gründen. Im Gegensatz zu den anderen Damen der Zeit, hatten Maria und Traute den Schnitt zur Kurzhaarfrisur nicht gewagt und schritten mit wogendem, extrem langem Haar durch die Alpen. Sie erzählten den älteren Logenherrn, die natürlich nur an ihren medialen Fähigkeiten interessiert waren, dass ihre langen Haare als Antennen fungierten und sie so Botschaften vom entfernten Stern Aldebaran empfangen könnten. Die Wesen dort seien sehr interessiert an der Erde, da ihre Sonne kurz vor der Explosion stünde und sie dringend eine neue Heimat bräuchten. Da es sich bei Heimat um eine Kernkompetenz der Deutschen handeln würde, wären sie die erste Wahl. Die verschworene Gemeinschaft wandte ein, dass man ihnen zwar spirituell nicht das Wasser reichen könnte, aber ihre Macht in der realen Welt begrenzt sei. Wie sollten ein paar Menschen, deren Hauptaufgabe darin bestand, lustige Hüte und komische Umhänge zu tragen, den Lauf der Welt verändern? Auch für dieses Problem hatten die Aliens eine Lösung, man würde ihnen einen „Führer“ übermitteln, den sie dann nach ihrem Willen steuern könnten. Im Ausgleich für die neue Heimat sollte Deutschland nie gekannte Technologien bekommen.

Als es nun zu dem schicksalhaften Tag kam, an dem der „Führer“ übermittelt werden sollte, erklärte Maria, dass der neue Messias ein bis dato unbekannter Österreicher sein sollte. Jahre später gab sie zu Protokoll, dass ihr Haar an diesem Tag extrem widerspenstig gewesen sei und es daher zu Interferenzen während des Channeling-Prozesses gekommen wäre. Die Aldeberaner stützten diese Behauptung ebenfalls. Sie hätten mehrfach „Nicht den Österreicher!“ übertragen und nicht „Nehmt den Österreicher.“

Leider machten sich die Aliens nach dieser Übertragung auf dem Weg zur Erde und die Damen und Herrn der Vril-Gesellschaft waren bis auf Weiteres auf sich gestellt, so dass dieser Fehler lange Zeit unentdeckt blieb.

Maria nahm Kontakt mit der Partei auf, in der der Österreicher aktiv war, um sie auf den richtigen Weg zu bringen. Wie die Leitfigur selber, war auch die Partei bis dato unbedeutend und eine von vielen kleinen Splitterparteien. Mit flammenden Reden, plötzlichen Eingebungen und der einen oder anderen Orgie, konnte sie die Anführer der Partei relativ schnell überzeugen, dass die Vril-Gesellschaft ihnen zur Macht verhelfen konnte. Im Hintergrund baute man eine zweite Führungsebene aus okkulten Gruppierungen auf, die die wahren Machthaber in Deutschland waren. 1938 brach eine Expedition in die Antarktis auf, um dort die neue Heimat für die Aldeberaner und ihre Verbündeten zu schaffen. Neuschwabenland nannte man dieses Fleckchen Erde, dass sich – ganz im Gegensatz zum Rest der Antarktis – durch viele eisfreie Seen auszeichnete und über einen Unterwasser-Zugang zum Wostoksee verfügte. Dieser See befand sich unter einer 4 Kilometer dicken Eisschicht, hatte sein eigenes, mitteleuropäisches Klima und eignete sich perfekt als uneinnehmbare Festung für die Aliens.

Nach einigen sehr erfolgreichen Jahren, wurde der Fehler im Plan immer deutlicher. Der „Führer" verfolgte immer mehr seine eigenen Pläne und war kaum noch zu kontrollieren. Selbst mit okkulten Sexpraktiken konnte man ihn nicht locken, da er in einer zölibatären Verbindung mit einem Schäferhund lebte. Der Krieg brach über ganz Europa herein und man sah das eigene Werk schon in Trümmern.

Aber Maria gab ihren Traum nicht auf. Wenn sie den Krieg schon nicht direkt beenden konnte, so konnte sie doch dafür sorgen, dass er nicht zu lange dauern würde. Sie nutze den Größenwahn des Österreichers und ließ ihm über ihre Hintermänner immer neue Kriegsziele ins Ohr flüstern. Das deutsche Volk brauche Raum und der läge im Osten, im Westen, im Norden, in Afrika und... Bald war Deutschland an allen Fronten im Krieg. Mit Liebe zum Detail ersann sie völlig unsinnige strategische Fehler und schummelte sie dem „Führer" als neuste Berichte seiner Generäle unter. Zeitgleich wurde in Neuschwabenland weiter gebaut und 1943 die Basis 211 fertiggestellt. Bald darauf landete die Aldebaran dort, winkten aber nur kurz und verschwanden dann in das innere Erde, die – zur Verblüffung aller – völlig hohl war und in ihrem Inneren ein Paradies für Aliens mit der richtigen Landkarte bereithielt. Damit ihre neue Heimat nicht zum Paradies für andere wurde, schlossen sie die Tür schnell wieder hinter sich und suchten sich ihre Gastarbeiter sehr genau aus – sehr zum Missfallen aller Beteiligten auf der anderen Seite. Aber die Aliens hielten auch ihr Wort und gaben dem geheimen Kommando die Baupläne für eine unbegrenzte Energiequelle und Flugscheiben. Mit diesem neuen Wissen ausgestattet machte man sich direkt ans Werk und erbaute die ersten Reichsflugscheiben des Models Haunebu. Kriegsentscheidend wurden diese Wunderwaffen dank strikter Order der Aldeberaner aber nie und man beschränkte sich darauf, hin und wieder Ausflüge zur Area 51 zu machen oder in abgelegenen Regionen Testflüge zu unternehmen.

Der Krieg in der alten Heimat endete bald und sehr zum Missfallen der Neuschwabenländer erreichten 1945 die U-Boote U530 und U977 mit der Führungsriege der Nazis die Basis 211. Mit an Bord waren auch der Führer und seine „Assistentin" Eva Braun. Da man sich nicht offen gegen die Machthaber wehren konnte, wurden sie an Land gelassen. Man konnte aber aushandeln, dass für das Bodenpersonal kein Platz mehr auf der Basis war. Sie wurden nach Argentinien geschickt, wo schon viele alte Freunde auf sie warteten.

So verging Jahr um Jahr in der kleinen deutschen Kolonie am südlichsten Punkt der Erde. Neue Generationen wuchsen heran, geprägt vom Geist der Heimat und des wahren Deutschtums. Aber man war auch nicht völlig abgeschnitten von der restlichen Welt, wenn auch immer der Zeit etwas hinterher. Die Popkultur des 21. Jahrhunderts hielt auch hier irgendwann Einzug. Viele der Altnazis waren über die Jahre verstorben. Nur der Führer und die Damen der Vril-Gesellschaft leben noch. Letztere haben als die *Vrilettes* eine sehr erfolgreiche Karriere im Schlagergeschäft auf der Basis Neuschwabenland aufgebaut.

Auf einem der Versorgungsflüge des Reichflugscheiben-Geschwaders „Waschbär", um VHS-Kassetten zurück zur Videothek in Nordkorea zu bringen, verlor der Adjutant des Kommandanten der Basis, Friedrich von Humpitz, seine Tagebuch in einem *Starbucks*, welches hiermit das erste Mal der Öffentlichkeit präsentiert werden kann. Vieles mag dem Leser seltsam vorkommen, anderes wiederum sehr bekannt, denn auch auf Neuschwabenland blieb die Zeit nicht stehen – jedenfalls nicht in allen Belangen. Friedrich von Humpitz ist kein Mann vieler Worte. Seine niedergeschriebenen Eindrücke sind oft skizzenhaft und bestehen aus einzelnen Sätzen. Aber sie geben einen guten Einblick in das Leben auf Neuschwabenland. Auch dort leben Menschen und ihre Probleme, Sorgen sind überall gleich, auch auf einer kleinen Ufo-Basis voller Nazis.

TAGEBUCH

Friedrich von Humpitz
Adjutant des Kommandanten
der Basis Neuschwabenland

HARTUNG 5013

nach atlantischer Zeitrechnung

Monatsbefehl: Weltherrschaft.

Schon wieder.

Neuschwabenland 1.1.5013

Endlich Feierabend und ich fühle mich deutlich unterbiert. Direkt zu Beginn des Jahres musste ich vor versammelter Mannschaft gestehen, dass unsere Mission, der alten Heimat ein Lebenszeichen von uns zu schicken, völlig gescheitert war. All die Jahre Arbeit waren umsonst. Dabei haben wir mit den modernsten Mitteln gearbeitet. Die politische Sprache des 21. Jahrhunderts ist der Terror, nur so hören einem die Politiker überhaupt noch zu. Vorbei sind die Zeiten, in denen man mit lautstarken Reden und rollendem R noch Menschenmassen bewegen konnte. Wir sollten eine Terrorzelle in Deutschland aufbauen und so offensichtlich handeln lassen, dass der Verdacht direkt auf uns fallen würde. Wir wollten uns wieder ins Gespräch bringen. Wir hatten alles extrem gut vorbereitet. Ich hatte die dümmsten Mitläufer - Verzeihung - patriotischsten Kameraden aus dem Osten Deutschlands für uns gewonnen und sie mit Waffen versorgt. Diese sollten eigentlich nie zum Einsatz kommen, denn wir wollten ja nur Angst und Schrecken säen, niemanden verletzen. Wir haben sogar einen Anschlag auf ein Lokal gemacht, in dem regelmäßig ein Verfassungsschützer verkehrte. Aber nichts! Keine Reaktion. Die ganze Mission geriet völlig außer Kontrolle. Die Kameraden begannen tatsächlich Ausländer zu töten und der Verfassungsschutz suchte lieber in einem nicht vorhandenen kriminellen Milieu der Dönerbudenbesitzer. Warum sollten wir die Grundlage der deutschen Ernährungspyramide angreifen und damit die Arbeitskraft des Volkes schwächen? Das war diesen "Kameraden" einfach nicht klar zu machen. Es ging um Aufmerksamkeit, mehr nicht. Sobald wir in Deutschland wieder an der Macht sind, werden wir diesen Verfassungsschutz abschaffen. Der ist wirklich zu gar nichts zu gebrauchen.

Neuschwabenland 2.1.5013

Habe heute zwei Stufen auf einmal auf der Treppe in den Keller genommen. Mir muss also niemand mehr etwas von einer Nahtoderfahrung erzählen.

Neuschwabenland 3.1.5013

Irgendwo auf der Welt zündet sich gerade jemand nach einer durchzechten Nacht seine letzte Zigarette verkehrt herum an. Ein Gedanke, der mich selbst in tiefster Traurigkeit erheitert.

Neuschwabenland 4.1.5013

Heute ist Happy Hour im Swinger Club "Lebensborn". Frauen mit Eisprung zahlen die Hälfte. Die Geburtszahlen auf der Basis sind wieder dramatisch zurückgegangen.

Neuschwabenland 5.1.5013

Seit über 90 Jahren ist unsere Vril-Technologie nun im Einsatz. Seit 45 Jahren versorgen wir damit die ganze Station. Freie Energie und nur wir wissen davon. Der Rest der Welt versucht alternative Energiequellen zu finden, Wind, Wasser, sogar Sonne. Dabei ist die Sonne doch kalt. Das wissen auch nur die wenigsten. Die neuste Idee dieser "Wissenschaftler" ist Fracking. Unter hohem Druck jagen sie eine hochtoxische Flüssigkeit in die Erde und hoffen, dass etwas Sinnvolles hochkommt. Ich hatte mal den Mund voller Kaffee und musste niesen. Das reicht mir als praktisches Beispiel für die katastrophalen Folgen dieser Technik.

Neuschwabenland 6.1.5013

Unzufriedenheit bei den Kameraden, dass das Thema des Bastelnachmittags schon wieder Dinosauriereier-Ausblasen und Bemalen mit Runenmotiven ist. Sie haben vielleicht recht. Abwechslung muss her. Für nächste Woche werde ich Pinguineier bestellen.

Neuschwabenland 7.1.5013

Wir konnten heute einen britischen Spion festnehmen, der sich als Forscher ausgegeben hat. Da alle Zellen belegt waren, habe ich ihn einfach auf einen Sitzsack im Besprechungszimmer gesetzt. Von dort ist auch noch nie jemand entkommen.

Neuschwabenland 8.1.5013

Es ist zu einem Unfall bei den Bauarbeiten in der Nudistenkolonie gekommen. Eines der Clubmitglieder hat die Klappe der Ladefläche des Lastwagen unachtsam zufallen lassen und sich dabei etwas eingeklemmt. Ab jetzt werde ich auf komplette Sicherheitskleidung bestehen. Nudisten hin oder her. Die Fruchtbarkeit für das Reich zu erhalten ist die oberste Pflicht eines Neuschwabenländers.

Neuschwabenland 9.1.5013

Wir haben heute neue Kameraden aus der alten Heimat bekommen. Nur wenn sie fest an unsere Ziele glauben, werden sie zu uns eingeladen und auf die Basis gebracht. Von ihren Akten her waren einige ganz aussichtsreiche Kandidaten darunter, aber als sie ankamen, entpuppten sie sich natürlich wieder als Fußvolk. Jemand mit Intelligenz würde diesen Unsinn auch nicht glauben. Wir befinden uns da in einem Teufelskreis.

Neuschwabenland 10.1.5013

Ich wurde überraschend zu einem Drogentest geladen, konnte aber fünf von sieben am Geschmack erkennen.

Neuschwabenland 11.1.5013

Konnte auch die zweite Nacht nicht schlafen. Neben den bekannten Nachteilen der Schlaflosigkeit habe ich aber auch einige Vorteile entdeckt. Zum Beispiel kann ich jetzt die Fax-Maschine verstehen und haben sie heute Abend mit Scrreeee Shooo-Weweweeee verabschiedet. Sie scheint ganz gerührt von dieser plötzlichen Nähe zu sein. Jetzt muss ich aber den Rasen vor dem Haus noch gründlich aussaugen.

Neuschwabenland 12.1.5013

Ich musste heute länger mit unserer Rechtsabteilung telefonieren. Nach dieser Unterhaltung weiß ich: Juristen reden wie Ärzte schreiben. Insgesamt sind diese Juristen auf der Basis merkwürdig. Man sollte glauben, sie hätten auf einer abgelegenen Basis in der Antarktis keine Aufgabe, aber auf eine wundersame Weise schaffen sie es, sich ganz mit sich selber zu beschäftigen und dabei auch noch den Rest des Stabes auf Trab zu halten. Mein Vater erzählte mir damals, dass die Juristen eher zufällig hier gelandet sind und mit die Letzten waren, die aus der alten Heimat flüchten konnten. Es handelte sich bei ihnen eher um die Unfähigen im System, denn die wirklich Guten in ihrem Fach wurden direkt nach dem Krieg wieder in den Staatsdienst aufgenommen oder machten Karriere in einer der Parteien. Das war natürlich niemandem aufgefallen, so gut waren sie.

Neuschwabenland 13.1.5013

Ich möchte mein gestriges Selbst, das meinte "Fünf Stunden Schlaf reichen völlig aus." heute des Hochverrats anklagen.

Neuschwabenland 14.1.5013

Die Nudistenkolonie macht mir Sorgen. Es wird immer häufiger von sexuellen Übergriffen durch Pinguine berichtet.

Neuschwabenland 14.1.5013

Bericht korrigiert: Übergriffe AUF Pinguine.

Neuschwabenland 15.1.5013

Ich habe heute auf die unangenehme Art lernen müssen, dass den Innenraum des Dienstwagen gründlich zu saugen eine Aneinanderreihung von sexuell aufreizenden Positionen ist. Die Unruhe in der Pinguin-Kolonie war deutlich spürbar.

Neuschwabenland 16.1.5013

Diana rief mich heute an, ich solle dringend in die Kantine kommen. Einer der Kameraden wurde tot am Tisch gefunden. Sie vermutet eine natürliche Todesursache, sofern man das in unserer Kantine sagen kann. Ich wollte aber keine vorschnellen Schlüsse ziehen und mir die Leiche lieber persönlich anschauen. Als ich eintraf, war die Bestatterin Paula bereits dabei die Maße zu nehmen. Obwohl es hier in der Antarktis völlig unpraktisch war, bestand die Alte weiterhin darauf, die gefallenen Soldaten zu begraben. Bisher war dies noch kein wirkliches Problem, aber sollte die Klimaerwärmung weiter so schnell fortschreiten, sehe ich in ein paar Jahren einige der Kameraden an uns vorbei schwimmen.

Ein Blick auf die Tageskarte unterstützte Dianas Theorie eines "natürlichen" Todes. Die Fettdosis der Kässpätzle hätte auch den stärksten Elefanten mit hervorragenden Cholesterinwerten direkt in den Hades gestürzt. Aber sein Herz war förmlich in der Brust explodiert und hatte einen deutlich sichtbaren Krater hinterlassen. Fettspiegel hin oder her, selbst der Koch schafft das nicht. Ansonsten wäre diese Technik schon lange in unser Waffenarsenal aufgenommen worden. Wir haben einige Experimente in diese Richtung unternommen und die Erfolge waren auch nicht schlecht. Aber es dauert einfach zu lange. Trotz extrem fettiger Burger ist die USA immer noch einer der Global Player auf der Weltkarte.

Es muss sich um Mord handeln. Etwas, was es noch nie auf der Basis gegeben hat und auf das wir auch überhaupt nicht vorbereitet sind. Es gibt keine Kriminalpolizei und die einzige Aufgabe der Feldjäger besteht darin, die Soldaten nach einem Kameradschaftsabend zu ihren Kojen zu begleiten. Glücklicherweise habe ich genügend Kriminalfilme gesehen, um die Ermittlungen direkt aufnehmen zu können. Als Erstes habe ich die Leiche ins Kühlhaus bringen lassen, damit sie später untersucht werden kann. Dann begann ich, Beweise zu sichern. Leider war der Tatort schon ziemlich verwüstet. Der Tote war mehrfach bewegt worden, damit mehr Soldaten an dem Tisch Platz hatten und sie war mit Penissymbolen bemalt worden. Wirklich brauchbares Material konnte ich nicht finden. Aber der Täter kann nicht von der Basis entkommen. Es wird also nur eine Frage der Zeit sein, bis ich ihn dingfest machen werde. Durch meine intensiven Derrik-Studien weiß ich: Ich brauche ein Motiv, eine Tatwaffe und eine Leiche. Die Leiche habe ich, daran besteht kein Zweifel. Die Tatwaffe ist schon schwieriger. Was lässt ein Herz in der Brust explodieren? Das Motiv liegt allerdings noch viel tiefer im Dunkeln als die Tatwaffe. Wir sind doch glücklich hier! Warum so eine Störung des Friedens?

Neuschwabenland 17.1.5013

Es war ein regnerischer Tag, ich schlürfte kalten Kaffee, als diese Blondine in mein Büro kam. Ich hatte sie noch nie zuvor gesehen.

"Sie leiten die Ermittlungen?"

Ihre Stimme war sanft wie ein Seidentuch auf nackter Haut.

"Und wenn es so wäre?", fragte ich ruhig, ohne den Blick von meinem Kaffee zu nehmen.

"Dann sind Sie der Nächste!", rief sie und ich blickten in den kalten Lauf einer 38er.

"Lady! So beginnt man doch keine Unterhaltung", sagte ich und nahm die Füße langsam vom Schreibtisch.

Sie schluchzte, setzte sich auf den einzig freien Stuhl in meinem Büro und brach weinend zusammen. Ich nahm ein Taschentuch aus meinem Jackett, prüfte kurz, ob es noch sauber war und reichte es ihr.

"Jetzt erzählen Sie mal in Ruhe."

Ich ging zu ihr hinüber und legte ihr meine Hand auf die Schulter.

"Alle werden glauben, dass ich es war", schluchzte sie unter Tränen, "Alle!"

"Dann hat er es bestimmt verdient."

"Kurt war mein Verlobter!" Wieder brach sie weinend zusammen.

"Lady, Sie schlafen sich jetzt erst einmal gründlich aus. Ihre Augenringe machen dem Führer Konkurrenz und Sie wissen: Konkurrenz mag er gar nicht. Dann kommen Sie wieder und wir werden das Ganze in Ruhe durchbesprechen."

"Ja", flüsterte sie und tupfte sich die Tränen mit meinem Taschentuch ab.

Ich verstehe einfach nicht, warum der Kommandant meinen Bericht zu den Ermittlungen abgelehnt hat. Ich habe ihn mit so viel Herzblut geschrieben und mich an alle großen Meister der Kriminaltechnik gehalten. Dashiell, Hammett, alle wären stolz auf mich. Mit der Dialogform hoffte ich, eine größere Eindringlichkeit meines Berichtes bei meinen Vorgesetzten zu erreichen. Es ist ja nicht so, dass ich gelogen hätte. Vielleicht die Realität etwas extrapoliert, denn wer wäre denn von der Dramatik der Realität beeindruckt gewesen. Die Verlobte von Kurt war es sicher nicht. Sie kam auch nicht zu mir, sondern wurde von mir per Rohrpost benachrichtigt. Zugegeben, das war nicht wirklich einfühlsam, aber ich heule immer so schnell mit und das kann ich mir in meiner Position nicht leisten. Laut ihren Kameradinnen hätte sie die Nachricht nur überflogen und dann achtlos in den Papierkorb geworfen. Wahrscheinlich zu viel für das zarte Herz eines deutschen Mädels.

Bisher weiß ich nur, dass das Opfer Kurt Bartel hieß und Mitglied der Dino-Reiter-Einheit war. Persönlich kannte ich ihn nicht, dazu ist die Basis zu groß und ich versuche, den direkten Kontakt mit diesen Viechern zu vermeiden. Also den Dinos, nicht den Nazis.

Neuschwabenland 18.1.2013

Beim gestrigen Heimatabend haben wir "Der Berg ruft!" aufgeführt und dazu einen Reitsaurier als Geierwally kostümiert. Einige Kameraden mussten daraufhin mit kaltem Wasser übergossen werden, aber der Abend war ein voller Erfolg und die Pinguine fühlten sich sicher. Für die nächste Aufführung werde ich etwas mit weniger sexueller Konnotation planen.

Neuschwabenland 19.1.2013

Ich weiß, ich sehe mit dem Sombrero und der Ernie-Maske dämlich aus, aber ansonsten braucht der masturbierende Schatten am Bürofenster immer so lang. Ich vermute, dass es sich dabei um den Hausmeister handelt.

Neuschwabenland 20.1.2013

Heute einen Termin mit Paula, unserer Bestatterin, gehabt. Ich mag sie irgendwie. Die meisten Kameraden halten Abstand von ihr, aber zwischen uns hat sich so etwas wie eine Freundschaft entwickelt. Daran ist ihr lauten Warnruf für mich im Ufo-Hangar nicht ganz unschuldig. Sonst wäre ich im wahrsten Sinne des Wortes unter die Kufen gekommen. Ich habe sie später gefragt, warum sie das gemacht hat. Insbesondere weil ihr doch immer so langweilig ist und sie ohne diesen Warnruf wieder etwas zu tun bekommen hätte. Sie hat damals nur mit "Später" geantwortet und in ihr Notizbuch geschaut. Überhaupt scheint ihr dieses Buch sehr wichtig zu sein. Ich konnte mal einen Blick über ihre Schulter werfen und habe darin nur Termine gesehen. Sie muss sehr beschäftigt sein, denn sie trifft insbesondere die Kameraden, die kurz vor der Rente stehen, gerne. Eine treue Seele, die weiß, dass auch alte Menschen gerne menschlichen Kontakt haben. Wobei mir gerade einfällt, dass ich noch nie Abrechnungen zu Kameraden in Rente auf meinem Schreibtisch gesehen habe. Ich sollte diesen Posten mal prüfen.

Neuschwabenland 21.1.5013

Mein Kamerad, mit dem ich mir das Büro teile, hat schon wieder einen Zahn verloren. Wenn das nicht aufhört, muss ich mit dem Ausholen des 18er Eisen doch vorsichtiger werden.

Neuschwabenland 22.1.5013

Heute war wieder so ein Tag, an dem ich meine Existenz auf dieser Basis verflucht habe. An solchen Tagen hilft mir immer ein Gedanke: Ich stelle mir vor, wie viele gebildete Menschen, die studiert haben, darin gefangen sind, die Blümchen auf dem Klopapier zu entwerfen.

Neuschwabenland 23.1.5013

In meiner Freizeit arbeite ich immer noch an meinem Roman. Endzeit Eskimo Erotika wird das nächste große Ding werden. Da bin ich mir sicher. "Iglu der eisigen Ekstase", alleine der Titel verspricht schon ein Bestseller zu werden. Der zweite Band wird "Nuklearer Winter der Leidenschaft" heißen.

Neuschwabenland 24.1.5013

Ich würde eine Karriere als Nacktflitzer in Erwägung ziehen, bin mir aber noch unsicher, wie ich mich im Fahrstuhl verhalten muss.

Neuschwabenland 25.1.5013

Endlich Freitag. Ich werde mich am Wochenende für diese stressige Woche belohnen. Canapés, vielleicht ein Pudding oder im Peyoterausch nackt auf einer Seerobe reitend die Forscher auf der Station erschrecken. Nichts Wildes also.

Neuschwabenland 26.1.5013

Ich kann mich noch gut erinnern, wie ich das erste Mal diesen Raum betreten habe als junger Fähnrich, der gerade die Schule verlassen hatte. Von hier wird die ganze Basis regiert und die Übernahme der Welt vorbereitet. Der Raum war damals funktional eingerichtet, mit guter deutscher Handwerkskunst. Jetzt, wo ich den Platz habe, hat der alte Schreibtisch IKEA-Möbeln Platz gemacht und jedes Mal, wenn ich in das Büro komme, riecht es nach etwas Verstorbenem - und es sind nicht nur meine Träume. Der Geruch ist durchdringender. Aber ich habe schon alles abgesucht.

Neuschwabenland 27.1.5013

Blauen Fleck entdeckt. Keine Ahnung, wo er herkommt. Ich rufe mal besser den Barkeeper im Kasino an.

Neuschwabenland 28.1.5013

Basierend auf dem Händedruck mancher Kameraden sind sie von Seerobben aufgezogen worden.

Neuschwabenland 29.1.5013

Wir haben einen Notstand. Keine Streichhölzer mehr und die nächste Lieferung aus Nordkorea steht erst für übermorgen an. Herzzerreißende Szenen spielten sich heute hier ab. Ich konnte sehen, wie der Hausmeister sein letztes Streichholz für den alten Wachmann opferte. Also für seine Zigarette, nicht für ihn. Aus diesen Zeiten sind wir glücklicherweise lange raus. Ein Windzug löschte den Funken und beide waren ohne Hoffnung.

Neuschwabenland 31.1.5013

Ich würde mein Bett ja verlassen und rausgehen, wenn das Leben da nicht die ganzen Probleme versteckt hätte.

Feber

HORNUNG 5013

nach atlantischer Zeitrechnung

Monatsbefehl: Das böse Lachen üben.

Ich mache große Fortschritte. Es wird langsam kehliger. Macht aber immer noch Halsschmerzen.

Neuschwabenland 1.2.5013

Ich habe die Ursache des Geruchs gefunden. Ein Pinguin ist in den Belüftungsschacht gefallen und dort jämmerlich verendet. Habe die Überreste persönlich in der Biotreibstoffanlage abgegeben, damit sein Tod wenigstens noch einen Sinn hat und unsere Generatoren laufen können. Die Vorstellung erschreckt mich immer noch, dass wir unseren ganzen Strom aus diesen kleinen Kerlen beziehen. Bis auf Blondie natürlich. Nachdem der Hund des Führers nicht flüchten konnte, mussten wir schnell für Ersatz sorgen - und das Einzige, was es hier gibt, sind Robben und Pinguine. Robben sind dem Hund vielleicht näher, eignen sich aber nicht gut als Schäferhundersatz, wie wir schnell feststellten. Selbst ein mit Liebe vom Bund Deutscher Mädels genähtes Plüschkostüm konnte nicht darüber hinwegtäuschen, dass ihre Bewegungsmuster dem eines Hundes nicht ähnlich sind. Auch zum Apportieren zeigten sie kein großes Talent. In den ersten Jahren musste dann abwechselnd jeder aus der Truppe seinen Dienst in dem Kostüm tun, um den Alten bei Laune zu halten. Ein Dienst, der mir glücklicherweise erspart blieb, weil man parallel dazu anfing, den Führer langsam auf Pinguine umzugewöhnen. Mittlerweile ist er ganz vernarrt in "seine" Blondie. Hinzu kommt, dass Pinguine leicht austauschbar sind, da sie sich alle sehr ähnlich sehen. Blondie 37 hat er mittlerweile schon sehr lange und der kleine Kerl hat eine echte Persönlichkeit entwickelt. Jedenfalls glaube ich das. Jedes Mal wenn ich ihn sehe, blickt er mich so an, als würde er verstehen was hier vorgeht und watschelt dann voller Enttäuschung davon. Weiß er vielleicht mehr als wir?

Neuschwabenland 2.2.5013

Letzte Nacht hatte ich wieder diesen Traum, dass ich nackt im Admiralsraum stehe. Es ist nicht so, dass ich Probleme mit Nacktheit hätte. Ganz im Gegenteil! Durch die aktive Arbeit im Vorstand der Nudistenkolonie bin ich auf alles gefasst. Sowohl optisch als auch moralisch. Aber dieses merkwürdige Gefühl verfolgte mich trotzdem. Ob andere Menschen dieses Gefühl auch haben? Wie sieht es aus? Haben Porno-Darsteller Träume davon, dass sie angezogen auf das Set kommen? Verfolgt sie dieser Gedanke dann auch den ganzen Tag und blockiert sie bei der Arbeit?

Neuschwabenland 3.2.5013

Die Pinguine haben schon wieder an der Klimawaffe herumgespielt und damit einen Tropensturm auf den Philippinen ausgelöst. Aber wer kann den Kleinen schon böse sein.

Neuschwabenland 4.2.5013

Wieder einmal musste ich feststellen, wie brutal und rücksichtslos die Vereinigten Staaten sind. Ich will mir gar nicht vorstellen, wie sie maschinell den M&Ms-Schokopillen Arme und Beine abreißen, um sie dann in die Tüte zu packen.

Neuschwabenland 5.2.5013

Seit heute haben wir Internet im Kommandostab. Die Roaming-Kosten fressen fast unser ganzes Budget auf, aber auch wir können vor der modernen Technik nicht die Augen verschließen. Als Erstes habe ich mir die Aufzeichnung der Neuschwabendlandunterstützer auf Youtube angeschaut. Mir kommen Zweifel, ob es sich dabei nicht doch um Mitarbeiter des Verfassungsschutzes handelt. Das muss man wissen.

Neuschwabenland 5.2.5013

"Ach armer Yorick! - Ich kannte ihn, Fellatio!" Shakespeare & Porn. Meine Idee wird das Web im Sturm erobern. Shakessperm.com

Neuschwabenland 6.2.5013

Liebe ist blind, Hass ist taub. Man sollte dann meinen, dass Dummheit stumm ist. Ganz im Gegenteil.

Neuschwabenland 7.2.5013

Ein Problem hat sich in all den Jahren seit unser Herrschaft nicht geändert. Man hat gerade einen politische Häftling mit Benzin übergossen und findet dann seine Streichhölzer nicht.

Neuschwabenland 8.2.5013

Es gibt nur wenige Geheimorganisationen und satanische Vereinigungen, die von unserer Existenz wissen. Die meisten sehen uns als eine Art Paradies, aber einer dieser kultischen Bünde darf hier sogar ein und ausgehen. Seiner Macht können selbst wir uns nicht entziehen. Der TÜV.

Jede Reichsflugscheibe muss ordentlich abgenommen werden und kommt alle zwei Jahre auf den Prüfstand, inklusive Abgasprüfung. Ich selber verstehe ja nicht sehr viel von Maschinen. Während meiner Ausbildung habe ich nur gelernt, dass man wirklich jede Maschine zu einer Nebelmaschine werden lassen kann, wenn man sich Mühe gibt. Ich vermeide es daher immer in die Werkstatt zu gehen. Es gibt nichts Entwürdigenderes, als den Versuch, dem Mechaniker lautmalerisch zu beschreiben, welches Geräusch der Motor noch vor dem Besuch gemacht hat. Drei Flugscheiben haben es jedenfalls nicht geschafft. Ungenügendes Profil auf den Landekufen lautet das vernichtende Urteil. Damit sind drei Kameraden für die nächsten Wochen freigestellt. Ich habe sie zum Göbbelsdienst eingeteilt. Sie müssen mit rheinischem Dialekt für die moralische Einstellung der Kameraden sorgen. Der Dienst ist nicht sonderlich beliebt, aber wichtig für die Truppe.

Neuschwabenland 9.2.5013

Vier weitere Reichsflugscheiben haben keinen TÜV bekommen. Die Kameraden wurden in die Walross-Patrouille versetzt, weil sie für die Dinos zu schwer waren. Die Grenzen kann man hier auch sehr langsam kontrollieren.

Neuschwabenland 10.2.5013

Kameraden müssen sich noch an die Patrouille mit Walrössern gewöhnen. Es gab einige kleine Unfälle, aber wenigstens hatten wir so heute Pinguin-Rührei für alle zum Frühstück.

Neuschwabenland 11.2.5013

Meine Ermittlung im Mordfall haben mich als Erstes zur Dino-Reiter-Einheit von Kamerad Bartel geführt. Eine kleine, aber harte Truppe, unter der Führung von Oberst Meuler. Strategisch ist das Dino-

Kommando nicht von großem Wert, da ihr Einsatz in der Antarktis eingeschränkt ist und sich ihre Bewaffnung in erster Linie auf den Nahkampf beschränkt. Das 21. Jahrhundert ist ein Zeitalter des Fernkampfes. Flugzeuge, Hubschrauber und Drohnen bestimmen das Geschehen, keine Soldaten, die sich Aug in Aug gegenüberstehen. Im Luftkampf sind wir mit unserer Reichsflugscheiben schon extrem überlegen und daher wurden die Versuche mit Pterodactylus-Aufklärern schnell wieder aufgegeben, zumal die armen Tiere mit ihren Reitern nicht vom Boden hochkamen.

Das Mordopfer, Obergefreiter Bartel, war für schwere Triceratops-Pionierarbeiten ausgebildet. Der Mann für das Grobe im Team. Die Prüfung für den T-Rex bestand er nicht, weil er unheilbare Höhenangst hatte. Zuerst unterhielt ich mich mit seinen ehemaligen Kameraden. Bartel war nicht unbedingt beliebt, aber geachtet. Man schätzte ihn als harten Arbeiter, der mit seinem Triceratops auch mal bei einem Umzug aushalf. Ansonsten konnte man mir nicht viel über ihn erzählen. Er erschien immer pünktlich zum Dienst, beteiligte sich aber nicht an sozialen Aktivitäten der Einheit nach Feierabend. Seine Vorliebe für amerikanischen Jazz war bekannt, wurde aber toleriert, da er bei den wöchentlichen Frei.Wild-Abenden laut mitgrölte. Ich machte mir einige Notizen, sah aber auch ein, dass diese Spur zu nichts führen würde. Ein Mordmotiv war bei den Kameraden nicht zu entdecken. Nachmittags traf ich mich dann mit Oberst Meuler, um seine Einschätzung über Bartel zu hören. Wir trafen uns in seinem Büro. Kleiner als meines, wie ich zufrieden feststellte, aber mit Unmengen an Auszeichnungen an den Wänden. Der Oberst hat eine vorbildliche Karriere gemacht. Geboren im Lebensborn, als Sohn von Oettinger, Rassehöder und Köstroff. So ganz ist die Vaterfrage im Lebensborn nie zu klären, daher wird der Eintrag "Vater" auf der Geburtsurkunde durch "Anwesende Herren" ausgetauscht. Groß, blond, ein echtes Ausstellungsstück des neuschwabenländischen Reiches. Laut den Assistentinnen auf der Basis auch mit einem Ausstellungsstück ausgestattet, was ich nur der Vollständigkeit halber in den Akten, ohne Überprüfung, vermerkt habe. Er bestätigte meinen Eindruck von Bartel, den ich von seinen Kameraden erhalten habe. Ein geschätzter Soldat, aber ein Einzelgänger. Etwas, was eigentlich nicht gut in eine Truppe passt, die auf

Zusammenarbeit angewiesen ist. Aber Meuler konnte mir auch berichten, dass Bartel vor kurzem seine Dienstzeit verringert hatte, um sich auf der Hochschule einzuschreiben. Für was genau konnte Meuler nicht sagen, da das neue Semester erst nächsten Monat beginnen würde und er auch noch nichts gehört hatte. Dem Antrag selber hatte er aber stattgegeben, da in nächster Zeit keine größeren Baumaßnahmen mit Triceratops-Einsatz anstanden.

Es wäre vermessen, das gleich als eine heiße Spur zu sehen, aber es ist ein Anfang.

Neuschwabenland 12.2.5013

In meinem nächsten Leben möchte ich einen Beruf, bei dem es keine Besprechungen gibt. Bisher auf meiner Liste: Pirat, Ninja, Callboy.

Neuschwabenland 13.2.5013

Heute kam eine Bewerbung von einem Känguru und seinem Musiker für unser nächstes Winterfest rein. Wir nehmen aber keine Kleinkünstler.

Neuschwabenland 14.2.5013

Aufstehen, Büro, Arbeit, Feierabend. Mein Leben ist eine einzige Routine geworden. Jeden Tag exakt das Gleiche. Keine Abwechslung, keine Abenteuer. Das werde ich morgen ändern und habe eine andere Kaffeesorte bestellt.

Neuschwabenland 15.2.5013

Auf meine Weisung hin wurde die Verpflegung der Truppen geändert. Keine fettarme Milch mehr für die Kameraden. Wir müssen das falsche Körperbild deutscher Kühe nicht auch noch unterstützen.

Neuschwabenland 16.2.5013

Ich habe heute eine neue Schreibtischlampe angefordert. Die fünfte diesen Monat! Warum haben diese Lampen eigentlich nur zwei Helligkeitsstufen? Verhörlampe und FLAG-Scheinwerfer? Den Rest des Tages habe ich dann noch damit verbracht, die Nachrichten aus der Zeitung für den Alten umzuschreiben und Teile daraus zu löschen. Insbesondere die Nachrichten über die Russen. Der Alte hasste die

Russen und bei seinem Blutdruck ist Aufregung nicht gut. Lebendmumifizierung nennen die Ärzte ihre Methode zur Konservierung. Eine der Nebenwirkung ist eine extrem dünne Haut, die bei jeder Erhöhung des Blutdrucks aus dem kleinen Zwerg einen roten Geysir macht. Anfänglich war es ein eher unangenehmes Schauspiel. Mittlerweile hat sich jeder daran gewöhnt und die jungen Offiziere machen sich mittlerweile einen Spaß daraus, die "roten Wasserspiele" absichtlich auszulösen - ohne dabei zu lachen. Der zweite Teil ist am schwersten.

Neuschwabenland 17.2.5013

Entweder sind die Handwerker im Nachbargebäude oder ein Roboter ist eingezogen. Persönlich hoffe ich auf Letzteres. Die Japaner machen ja unglaubliche Fortschritte auf dem Gebiet. Ich habe erst kürzlich eine Dokumentation unserer japanischen Alliierten gesehen, bei der das Modell Megazord gegen diverse Atommutanten der Amerikaner gekämpft hat.

Neuschwabenland 18.2.5013

Es sind doch Handwerker. Sehr bedauerlich. Das ständige Hämmern macht mich noch wahnsinnig.

Neuschwabenland 19.2.5013

Immer noch keine wirklichen Fortschritte im Mordfall. Der Kamerad liegt immer noch in der Kühlung, bis sich Paula um ihn kümmern kann. Sie hat mir versprochen, dass sie noch im Laufe der Woche damit beginnt. Dabei murmelte sie zufrieden etwas von "Rigor Mortis, dem Viagra der Natur", ich kenne mich mit diesen südamerikanischen Wunderpflanzen aber nicht so gut aus.

Neuschwabenland 20.2.5013

fjkile as ioel nmmde asdfje sasvv - Der Handwerker neben an ist entweder Kryptographie-Experte oder hat das mit dem Morsen nicht raus.

Neuschwabenland 21.2.5013

Meine Aufgabenliste für das Wochenende: Nach der Ursache für den fürchterlichen Gestank unter meinem Motorschlitten suchen und dem Kameraden aus der Nachbarkoje dabei helfen, den Verbleib seiner kleinen Katze zu ergründen.

Neuschwabenland 22.2.5013

Ich habe mir überlegt, dass ich Wolf einen Brief schreibe. Die offene Feindschaft zwischen mir und diesem Dinosaurierreiter ist kein Geheimnis, aber alles andere als professionell. Als letzte Festung des aufrechten Deutschtums können wir uns solche Streitigkeiten nicht leisten, auch wenn ich zugeben muss, dass es mir sehr viel Spaß gemacht hat, das Viagra in das Futter der Dinosaurier zu geben. Natürlich an dem Tag, an dem die Tiere gründlich gereinigt werden. Jede Stelle gereinigt werden... Nachdem Wolf wieder laufen konnte, dachte ich, die Sache sei vorbei und so traf es mich besonders hart, als er mit Sigrun zum Vril-Ball ging.

Während er mit Sigrun Bahn um Bahn über das Parkett drehte, musste ich mir den Ka-Leu vom Leib halten. Ich habe nichts gegen Liebe unter Kameraden, es ist ein Gefühl, das auf der Basis viele kennen und das völlig akzeptiert ist. Nur ich kann mich dafür einfach nicht öffnen und schon gar nicht mit dem Ka-Leu. Wenn er mir noch einmal von seiner Algensammlung erzählt, weiß ich nicht, ob ich mich weiter beherrschen kann. So kann es nicht weiter gehen, nur was soll ich Wolf schreiben? Finger weg von Sigrun? Dann müsste ich mit offenen Karten spielen und ich weiß noch nicht, ob ich soweit bin. Noch wichtiger: Ist sie soweit?

Ich muss mich ablenken. Morgen werde ich die doppelte Pervitin-Dosis für die Kameraden ausgeben. Die Charge mit den Smileys kommt sowieso an ihr Haltbarkeitsdatum.

Neuschwabenland 23.2.5013

Ich musste heute einer viertelstündigen Diskussion zwischen dem Kameraden und dem Drucker zuhören. Schon nach wenigen Minuten war klar: Der Drucker hatte die besseren Argumente.

Neuschwabenland 24.2.5013

Langsam tut sich etwas in meinem Büro. Erst die neue Schreibtischlampe und heute ein neuer Bürostuhl. Wenn ich diesen mit der Feder aus dem altem Stuhl kombiniere, kann ich auf gut 10 km/h beschleunigen. Das reicht bis zur Kaffeemaschine.

Neuschwabenland 25.2.5013

Die Frage, ob gesundheitsbewusste Kannibalen die Haut mitessen, ließ mich heute den ganzen Tag nicht ruhen.

Neuschwabenland 26.2.5013

Auch wenn ich die Russen zutiefst verachte und sie unser Erbfeind sind, es gibt ein paar Dinge, die ich an ihnen bewundere. Den Erfinder des Wodkas zum Beispiel. Man stelle sich das vor: Da steht so ein Russe, schaut eine Kartoffel an und denkt sich: Das muss man auch trinken können. Das ist ein wenig Bewunderung wert.

Neuschwabenland 27.2.5013

Die jährliche Umfrage zu Gesundheit und Wohlbefinden auf der Basis lag heute auf meinem Schreibtisch. Die Ernährung ist nicht schmackhaft, aber gesund. Wie der Alte müssen wir uns auch vegetarisch ernähren. Aber ich frage mich schon: Wenn Gott nicht gewollt hätte, dass wir Fleisch essen, hätte er die Kühe dann nicht einfach schneller machen können? Insgesamt konnte ich alle Frage mit gutem Gewissen beantworten, nur bei dem Punkt "Wie oft trinken Sie Alkohol?" hätte ich mir noch die Option "Stündlich" gewünscht.

LENZING 5013

neuer atlantischer Zeitrechnung

Monatsbefehl: Karaoke üben.

Unbeliebt bei den Kameraden, aber in den richtigen Händen eine grausame Waffe. Der Umgang will gelernt sein.

Neuschwabenland 1.3.5013

Auf dem Weg zur Universität, um mit meinen Ermittlungen fortzufahren, wurde ich heute von der Verkehrskontrolle aufgehalten. Auf die Frage "Wissen Sie, warum wir Sie anhalten?" habe ich wahrheitsgemäß mit "Kein Abitur?" geantwortet, was die Kontrolle aber unnötig in die Länge gezogen hat. Außerdem musste ich mich einer intensiven Abtastung unterziehen. Zumindest kann ich dieses Jahr auf die Darmkrebsuntersuchung verzichten.

Der Campus der Atlantis-Universität befindet sich etwas außerhalb der Basis, was in erster Linie an dem Forschungslabor für neue Sprengstoffe liegt. Ich hatte mich vorher telefonisch in der Verwaltung angemeldet und musste daher auch nicht lange warten. Ein Mitarbeiter empfing mich direkt an der Tür und führte mich in die Bibliothek, wo die Studentenakten verwaltet werden. Auch wenn wir Deutschen die direkten Nachfahren der Atlanter sind, so ist der Kontakt zu ihnen seit Jahren sehr spärlich. Man hatte bei der Einweihung der Universität fast das Gefühl, dass es ihnen peinlich war, mit uns in Verbindung gebracht zu werden. Ich kann das schon ein wenig verstehen. Wir Neuschwabenländer sind die Krone der Schöpfung und allen anderen Völkern der Welt weit überlegen, aber finanziell geben die Esoterik-Messen für die Atlanter einfach mehr her.

Ich konnte die Einschreibung von Bartel relativ schnell in den Akten finden. Zu meiner Verblüffung hatte er sich nicht in Ehehygiene eingeschrieben - ein Fach, das wegen seiner reich bebilderten Vorträge und dem intensiven Videoeinsatz gerade bei den männlichen Kameraden sehr beliebt ist -, sondern für Luftfahrtkunde und Vril-Technologie. Wollte Bartel etwa die Einheit wechseln und Reichsflugscheibenpilot werden? War das der Grund für den Mord? Wurde er damit zur Schande der Dinoeinheit? Ich beschloss, noch mal zu Oberst Meuler zurückzukehren. Dann fiel mein Blick auf eine Teilnehmerliste für einen Einführungskurs in Vrilkunde, der letzten Monat stattgefunden hatte. Bartel hatte teilgenommen, wie seine Unterschrift auf dem Papier eindeutig zeigte. Die Einführungskurse werden immer von den Vril-Damen selbst durchgeführt. Vielleicht war ihnen mit ihren außergewöhnlichen Fähigkeiten etwas an Kamerad Kurt aufgefallen?

Neuschwabenland 2.3.5013

Auch wenn die Technik fürchterlich veraltet ist, ich versende noch gerne Faxe. Es ist so einfach, damit den eigenen Alltag etwas aufzuhellen. Man muss nur "Seite 2 von 2" auf die einseitige Bestellung schreiben und schon löst man eine kleine Apokalypse beim Empfänger aus.

Neuschwabenland 3.3.5013

Mit einem frischem Marzipancroissant durch den Bürotrakt zu laufen, kann auch nicht nervenaufreibender sein, als mit einer neuen Playboy-Ausgabe durch den Hochsicherheitstrakt eines Gefängnis zu gehen.

Neuschwabenland 4.3.5013

Heute habe ich einen meiner Handschuhe verloren. Was eigentlich nicht schlimm ist, da die Temperatur in unserer Höhle konstant bei 22 Grad liegt. Aber hin und wieder muss selbst ich von meinem Schreibtisch aufstehen und an die Oberfläche, meist um die Lieferpapiere unserer Importe aus Nordkorea zu unterschreiben. Ich habe schon den Lagermeister gefragt, ob er den Handschuh gesehen hat und ihn ihm wirklich genau beschrieben: "Sieht aus wie meine Hand, nur etwas größer und schwarz". Er blickte lange auf meine Hand und sah mich dann schweigend an. Irgendwie habe ich das Gefühl, er hat ihn eingesteckt.

Neuschwabenland 5.3.5013

Heute war das jährliche Mitarbeitergespräch, um mein berufliches Potential zu prüfen. Aus meiner Sicht lief alles sehr gut, bis auf die Zukunftsfrage, wo ich mich in fünf Jahren sehe würde.

Ich bin mir nicht sicher, ob die Antwort "In diesem Büro sitzen und Sie feuern" nicht zu ehrlich war.

Neuschwabenland 6.3.5013

Der Handschuh ist wieder da.

Neuschwabenland 7.3.5013

Blondie stand heute in meiner Tür und blickte lange auf den Lüftungsschacht, wo der Pinguin verstorben ist. Natürlich kann er nicht wissen, dass von seinem verstorbenen Genossen nicht mal mehr Glut vorhanden ist und es ist eigentlich dumm von mir anzunehmen, er könne irgendetwas über einen Pinguin in meinem Luftschacht wissen. Aber sein Blick hat mich heute den ganzen Tag verfolgt. Mein Hirn malte mir aus, wie die Pinguine versuchen die Basis einzunehmen, sich mit ihren kleinen Körpern durch die Schächte drücken, während wir uns verzweifelt mit Büroklammern verteidigen müssen.

Ja, ich weiß, ich hätte die dritte Portion Kaiserschmarrn nicht essen sollen. Danach träume ich in der Mittagspause immer so schlecht. Aber was wäre wenn? Sind wir hier wirklich sicher oder haben die Kommunisten uns entdeckt? Diese Pinguine sehen ja alle gleich aus, wie kleine Mao-Soldaten.

Neuschwabenland 8.3.5013

Dieser Moment, wenn der Kaffee leise zu einem sagt: "Alles wird wieder gut".

Neuschwabenland 9.3.5013

Alle meine Vorschläge zur Verbesserung des Arbeitsklimas wurden abgelehnt. Als hätten sie sich nicht mal die Mühe gemacht, sie sorgfältig zu prüfen: Bei jedem Vorschlag stand nur die Bemerkung "Illegal".

Neuschwabenland 10.3.5013

Heute die Nachrichten aus der alten Heimat gelesen, um die Presserundschau für die Kameraden zusammenzustellen. Die Dinge laufen nicht gut dort. Deutsche Politiker sind nur in Finanz- und nie in Sexskandale verwickelt. Ich mache mir Sorgen um das Reich. Wo sind die Orgien in Berlin, wie in den 20ern, hin?

Neuschwabenland 11.3.5013

Gibt es eigentlich Bügelbretter, die nicht wie der Orgasmusschrei eines Pterosauriers klingen, wenn man sie öffnet?

Neuschwabenland 12.3.5013

Das war heute der Super-Faulenzertag. Also ein normaler Faulenzertag. Nur mit einem Cape und roter Unterhose.

Neuschwabenland 13.3.5013

Manchmal glaube ich, dass meine Berichte zu ~~intillekt~~... ~~inteleckt~~... zu klug sind.

Neuschwabenland 14.3.5013

Ich hätte dieses kleine Stück Papier auch kurz aufheben können, aber ich verbringe lieber zwei Minuten damit, es mit dem Staubsauger zu jagen. Warum?

Neuschwabenland 15.3.5013

Manche Menschen können einfach nicht über sich selber lachen. Das sehe ich dann als meine Aufgabe. Mein Erfolg lässt bisher noch auf sich warten, aber ich bin von meinem Auftrag überzeugt.

Neuschwabenland 16.3.5013

Sollte ich mich jemals bei voller Fahrt aus dem Motorschlitten stürzen, kann man mit Sicherheit davon ausgehen, dass der Kamerad wieder die Xavier Naidoo CD eingelegt hat. Irgendwann werden uns unsere Enkel fragen:

"Und du hast nichts getan, als Naidoo Single um Single veröffentlicht hat?".

Ich möchte diese Frage mit ruhigem Gewissen beantworten können.

Neuschwabenland 17.3.5013

Immer durstig und total gelangweilt. Die Grundstimmung der Büropflanzen färbt auf mich und die Kameraden ab. Wir brauchen mehr Unterhaltung auf der Basis. Meine Idee für die TV-Sendung "Ich bin kein Pilot. Holt mich hier raus!" wurde nach der erste Folge eingestellt. Wir hatten genügend Freiwillige, nur die Flugscheiben sind einfach zu teuer.

Neuschwabenland 18.3.5013

Heute kam die neue Lieferung mit Importware aus Deutschland, darunter neue Teesorten. Die Kameraden im Reich versorgen uns regelmäßig mit Dingen aus der Heimat, die wir in Nordkorea nicht beziehen können. Gute Kerle sind das. Treu dem Vaterland verpflichtet - leider sind sie intellektuell etwas herausgefordert, so dass es lange gedauert hat, bis sie verstanden hatten, dass wir wirklich keine Heino-Platte mehr haben wollen und auch schon vor Jahren auf MP3s umgestiegen sind. Die gelieferten Sorten heißen "Hol dir Kraft" und "Freu dich". Leider ist es doch nur normaler Tee, was die Namen der Tees doch wieder auf den Boden der Tatsachen zurückholt. Ich werde die Teekisten wahrscheinlich einfach umetiketieren: "Schlag ins Gesicht", "Morgenlatte" oder "Panzeralarm". Dann liegen sie nicht wieder wie Blei in den Regalen.

Neuschwabenland 19.3.5013

Ich habe einige meiner besten Drogen durch Freunde verloren.

Neuschwabenland 20.3.5013

Wieder die Nachrichten aus Berlin gelesen. Unerhört! Frauen, die sich aus religiösen Gründen von Kopf bis Fuß mit schwarzem Stoff verhüllen, gehören nicht nach Deutschland! Nonnen zum Beispiel.

Neuschwabenland 21.3.5013

Ich habe heute meinen Kameraden beim Sex gesehen. Das war das letzte Mal, dass ich diesen Link angeklickt habe. Versprochen.

Neuschwabenland 22.3.5013

Ich konnte Oberst Meuler telefonisch erreichen, aber anscheinend wusste er nichts von den Plänen von Bartel, zu den Reichsflugscheibenpiloten zu gehen. Er berichtete mir aber auch, dass Bartel nicht der Erste ist, der diesen Schritt aus der Dinoeinheit gemacht hat und es in der Vergangenheit niemals Probleme bei dem Wechsel gegeben hat. Man würde ja für das gleiche Ziel arbeiten. Wieder eine Spur, die im Sande verläuft. Ende der Woche haben die Vril-Damen einen Auftritt im Kasino. Unter ihrem Künstlernamen "The Vrilettes" geben sie regelmäßig Konzerte mit beschwingter Unterhaltungsmusik. Ich habe mir vorgenommen, sie nach dem Auftritt abzupassen. Anders ist an sie kaum heranzukommen, da sie einen sehr vollen Terminkalender haben.

Neuschwabenland 23.3.5013

Der Tag verlief sehr gut. Ich habe nur 14 Menschen gedanklich das Genick gebrochen. Es ist eine schmale Linie zwischen gutem Betriebsklima und Stockholm-Syndrom.

Neuschwabenland 24.3.5013

Wir haben auf der Basis schon lange Mobiltelefone, trotzdem behalte ich meinen alten Festnetzanschluss. Ich habe immer noch die Hoffnung, dass mich irgendwann Trinity anruft und hier rausholt.

Neuschwabenland 25.3.5013

Die letzte Nacht war viel zur kurz. Ich bin vor Müdigkeit mit dem Kopf auf die

Tastatur gefallen und habe aus Versehen den vierten Teil von Twilight geschrieben.

Neuschwabenland 26.3.5013

Morgen um 7 Uhr habe ich eine Telefonkonferenz mit Nordkorea. Um diese Zeit bin ich eigentlich noch nicht bereit, mit Menschen zu sprechen. Ich überlege, ob ich mit gutturalen Lauten kommunizieren werde.

Neuschwabenland 27.3.5013

Meine Berichte wurden wieder nicht gelesen. Zur Überprüfung meiner Vermutung hatte ich die Seiten zusammengeklebt und mit Farbe versehen. Eine Woche im Umlauf und niemand hat sich beschwert oder auch nur eine Anmerkung gemacht.

Ich fühle mich an einen Moment meiner Kindheit erinnert, als meine Eltern meine liebevolle Zeichnung vom Führer hinter den Zettel vom Pizzadienst an den Kühlschrank geheftet haben. Diese traumatische Erfahrung habe ich bis heute nicht überwunden.

Neuschwabenland 28.3.5013

So sehr es mir hier auch gefällt: Bei meinen Qualifikationen sollte meine Bewerbung als Power Ranger Dino Thunder kein Problem sein. Nur habe ich immer noch keine Antwort bekommen.

Neuschwabenland 29.3.5013

Letzte Nacht davon geträumt, dass ich einen florierenden Faultierverleih betreiben würde. Die Realität ist ernüchternd.

Neuschwabenland 30.3.5013

Wenn ich noch einen Schluck Caro-Kaffee trinken muss, wird es Tote geben. Ich habe mittlerweile den Verdacht, dass der Koch die Abfallprodukte der Pinguine nicht nur als Dünger, sondern auch als Kaffeeersatz benutzt. Er schmeckt jedenfalls so.

Neuschwabenland 31.3.5013

Um Toaster benutzerfreundlicher zu machen, stellen wir sie nun in den Stufen "hell", "dunkel", "Kohle" und "Badewanne" her. Ein weiterer Schritt in der Erfolgsgeschichte Neuschwabenlands.

OSTERMOND 5013

neuer atlantischer Zeitrechnung

Monatsbefehl: Todesstrahler reinigen.

Nur drei Kameraden beim letzten Mal unter den Opfern. Eine gute Quote, sie lernen langsam, nicht in die Mündung zu schauen.

Neuschwabenland 1.4.5013

Heute wurde meine Schreibtischlampe geliefert - wieder Restposten. Die Bärchenmotive auf dem Lampenschirm sind gar nicht mal so störend, aber das Türkismint des Lampenschirms erinnert mich sehr an unsere Uniformunterhosen. Oliv wird durch 40 Jahre Wäsche eben auch nicht besser. Eigentlich mag ich unsere Büros. Sie sind funktional eingerichtet. Große Schreibtische aus massivem Holz, solide Stühle, Kalender an der Wand und ein Bild vom Alten ... im Schrank. Die Probleme fangen dann an, wenn Dinge kaputt gehen und wir schnell Ersatz besorgen müssen. Hier in der Antarktis darf man dann nicht wählerisch sein und muss nehmen, was man bekommt. Natürlich liefert IKEA auch hierher, nur sind die Lieferzeiten exorbitant lang und wir können für die eine, immer fehlenden Schraube, nicht noch mal eben schnell hinfahren. Dann muss man improvisieren, wie eben bei meiner Schreibtischlampe. Oder bei den 70er Jahre Sitzsäcken in Knallorange, die nun im Besprechungszimmer als Stühle fungieren. Sie erfüllen ihren Zweck und mit der Zeit ignoriert man auch das Design. An die Kindertafel als Whiteboard haben wir uns allerdings relativ schnell gewöhnt.

Neuschwabenland 2.4.5013

Meine neue Erfindung ist fertig. Das Idioten-Abwehr-Spray. Eigentlich nur eine Wasserpistole, aber Idioten hassen Wasser. Ich habe es mehrfach getestet und beeindruckende Erfolge erzielt.

Neuschwabenland 3.4.5013

In der Heimat wird darüber diskutiert, ob Videospiele gewalttätig machen. Wäre da wirklich etwas dran, müsste es heute von psychopathischen und hüpfenden Klempnern nur so wimmeln. Die letzten Wochen mit Counterstrike haben mich nicht gewalttätiger gemacht, sondern mir nur gezeigt, wie schnell und gemein Teenager sein können.

Neuschwabenland 4.4.5013

Wir sind auf der Basis strenge Anhänger des Darwinismus. Das Überleben des Stärkeren und wir sind der lebende Beweis dafür! Die Evolution lässt sich nicht aufhalten. Aber einige unserer Anhänger hätten wenigstens daran teilnehmen können. Wie bei den Bundesjugendspielen. Für die Teilnehmerurkunde. Was der evolutionäre Vorteil von Haarausfall ist, untersuchen unsere Wissenschaftler aktuell.

Neuschwabenland 5.4.5013

Mein Fitnessprogramm setzt sich aus einem Büro im 3. Stock und Vergesslichkeit zusammen.

Neuschwabenland 6.4.5013

Heute war der Auftritt der Vrilettes. Wie immer war der Saal ausverkauft, was auch kein Wunder ist, da wir nicht wirklich viele Künstler in Neuschwabenland haben. Die Vrilettes ziehen allerdings immer noch mehr als die ganzen Altstars der Schlagerszene. Das Volk in der alten Heimat fragt sich immer, wo denn eigentlich Sänger XY abgeblieben ist. Nun, sie sind meistens hier - wenn sie nicht auf dem Ballermann eine Anstellung gefunden haben. Aber man kann dieses Zeug auch nicht ewig ertragen, daher schicken wir sie oft in das Endlager. Also zum ZDF, wo sie sich dann gut aufgehoben fühlen. Das Programm der Vrilettes ist stark an die Andrew Sisters angelehnt. Oldies aus den 40ern und 50ern, als man noch richtige Musik machte. Natürlich haben wir die Texte etwas angepasst und von ihrer imperialistischen Gesinnung befreit. "Drinking Rum & Coca Cola" geht nun mal gar nicht. "Drinking Korn und Afri Cola" ist vom Versmaß schwierig, aber so geschult ist das Gehör der Kameraden nicht, als dass sie das Holpern hören würden.

Ich musste ein wenig vor der Umkleide der Damen warten und mehrfach betonen, dass ich nicht zu den Fans gehöre, sondern beruflich hier bin. Die Garderobendame musterte mich nur. Anscheinend hat sie das schon häufiger gehört. Ich muss gestehen, dass ich wirklich nie ein großer Fan der Damen war. Natürlich habe ich ein paar ihrer Auftritte gesehen und weiß auch um ihre Wichtigkeit auf der Basis. Schließlich hat mit ihnen alles angefangen. Als ich ihnen dann zum ersten Mal ganz nah gegenüberstand, wurde ich aber doch etwas nervös. Die vier Frauen haben sich glänzend gehalten, insbesondere wenn man bedenkt, dass sie mittlerweile weit über 100 Jahre sein müssen. Aber sie sahen keinen Tag älter als Mitte 20 aus und verhielten sich auch so. Sie kicherten, machten pubertäre Bemerkungen und musterten mich sehr offensichtlich von oben bis unten. Es war also eine gute Wahl, meine beste Ausgehuniform anzuziehen. Wie auch auf der Bühne und im politischen Leben, übernahm Maria das Wort. Sie ist im wahrsten Sinne übersinnlich. Diese blonden, langen Haare ziehen die Blicke eines Mannes an, wie eine Medusa den Blick ihres Opfers nicht mehr loslässt. Mit ihrem hauchdünnen Kostüm war es schwer, einen sicheren Platz für mein Auge zu finden und mit den Gedanken bei der Arbeit zu bleiben. Aber es handelt sich um einen Mord! In Neuschwabenland!

Ich befragte sie nach Bartel und ob sie sich an ihn erinnern könnten. Maria nahm sein Foto und schaute es lange nachdenklich an. Dann seufzte sie und reichte es den anderen Frauen. Diese warfen aber kaum einen Blick darauf und wandten sich direkt wieder ihrem Schminkspiegel zu. Die Aussage von Maria habe ich komplett mitgeschrieben, um sie später besser verwerten zu können. Weiter geholfen hat sie mir aber nicht. Maria konnte sich an ihn erinnern, da er immer in der ersten Reihe gesessen hat und auch sehr

"Es war also eine gute Wahl, meine beste Ausgehuniform anzuziehen."

aktiv am Unterricht teilgenommen hat. Ansonsten sei ihr aber nichts Wesentliches aufgefallen. Es sei nichts Besonderes, dass junge Männer in ihrer Umgebung sehr aktiv seien. Eine Feststellung, die ich ohne Zweifel selber bestätigen kann. Die anderen Vrilettes hatten dem nichts hinzuzufügen. Mir ist allerdings aufgefallen, dass Traute das Foto etwas länger als die anderen angeschaut hat und mit dem Finger darüber gestrichen ist. Gibt es hier mehr zu wissen, oder war dies nur ein Medium, dass den Schmerz eines jeden Toten spürt?

Als ich schon an der Tür war, hielt mich Maria auf und fragte, ob es auch Fotos von der Leiche gäbe. Ich war etwas verblüfft von dieser Frage, denn die meisten Menschen wollen solche Details nicht sehen. Bis auf Kamerad Dekster, aber der hatte schon immer einen merkwürdigen Geschmack. Ich zog ein Beweisfoto aus meinen Akten und zeigte es ihr. Sie blickte lange auf das Foto und fragte nach der detaillierten Todesursache. Ich erklärte ihr, dass seine Brust explodiert war. So seltsam es auch klingen mag. Sie betrachtete das Foto erneut. Dann brachte sie meine Ermittlungen auf einen völlig neuen Weg.

"Haben Sie auch okkulte Kräfte in Bedacht gezogen?", lautete ihre simple Frage.

Auf die Idee war ich noch gar nicht gekommen. Natürlich arbeiten wir auf der Basis auch mit Magie, aber da die Beherrschung dieser finsteren Kräfte meist nur sehr unzuverlässig ist, wird sie nicht strategisch eingesetzt. Aber Hanussen ist natürlich immer noch okkulter Berater des Führers und seine Kompetenz wird von niemandem angezweifelt. Ich fragte Maria, ob man so eine fatale Wirkung auf einen menschlichen Körper denn auf magischem Wege überhaupt erreichen kann.

"Man kann, Frau auch.", sagte sie nur.

Neuschwabenland 7.4.5013

Der Kommandant hat heute seine Bürobegehung gemacht. Alle Anlagen in Neuschwabenland werden von ihm regelmäßig geprüft, ob sie auch den strengen deutschen Maßstäben genügen. Nur sein Gedächtnis scheint nicht mehr das beste zu sein. Jedes Mal muss ich ihm mein Ablagesystem erneut erklären. Dabei ist es so einfach: "Erledigt" liegt links vom Stuhl auf dem Boden und "Unerledigt" liegt da drüben auf dem Boden.

Neuschwabenland 8.4.5013

"Die Amerikaner machen beeindruckende Fortschritte im Einsatz von Chemtrails, um die Bevölkerung willenlos zu machen", stand heute im Neuschwabenländer Tageblatt. Warum sie allerdings die Chemikalien technisch kompliziert über Flugzeuge und dann mit hoher Verdünnung in die Luft bringen, hat sich mir noch nicht erschlossen. Man könnte doch einfach das Trinkwasser damit versetzen? Ein weiterer Grund, warum wir dringend wieder an die Macht müssen. So oder so, unser Chefwissenschaftler Albrecht von Schweinsberg unternimmt nun auch die ersten Versuche mit dieser Methode. Vielleicht wissen die Amerikaner etwas, was wir noch nicht wissen? Bisher beschränken sich seine Versuche aber darauf, dass er mit einem Deo in der Hand durch die Flure läuft und danach die Wirkung per Umfrage testet. Diese pendeln bisher zwischen "Bäh?" und dem Vorschlag, statt dessen das Parfüm der Sekretärin zu nutzen, da dieses gerade in geschlossenen Räumen mehr Kopfschmerzen bereiten würde.

Neuschwabenland 9.4.5013

2027 werden wir fliegende Autos und Jetpacks haben. Außerdem werde ich endlich ein Inhaltsverzeichnis in Word ohne Absturz hinbekommen!

Neuschwabenland 10.4.5013

Zu meinen Aufgaben auf der Basis gehört auch für die körperliche Fitness der Kameraden Sorge zu tragen. Natürlich sind sie auch schon von sich aus angehalten, auf ihre Ertüchtigung zu achten, aber sie lassen sich auch zu gerne gehen. Meine Aufgabe ist dann, dem entgegen zu wirken. Ich gehe dazu erst völlig unbeteiligt in den Gymnastikraum, als wollte ich selber trainieren. Dann schieße ich - geschmeidig wie ein Tiger - an eines der Laufbänder, auf denen ein Soldat gerade trainiert, schaue ihm eiskalt in die Augen und stelle die Steigung langsam immer höher. Dabei nicht den Blickkontakt abbrechen. Ich habe diese Methode auch bereits mehrfach beim Landurlaub in diversen Fitnessstudios getestet. Die Ergebnisse sind beeindruckend.

Neuschwabenland 11.4.5013

Auch wenn es mir das Herz gebrochen hat, ich musste dem Kameraden Lämmler heute erklären, dass es unwahrscheinlich ist, dass Hans Albers das Konterfei von Lämmler auf der Unterhose hat. Diese Hingabe ist einseitig.

Neuschwabenland 12.4.5013

Die Basis ist in heller Aufruhr. An geregelte Arbeit war heute nicht zu denken, den ganzen Tag über standen die Kameraden in den Fluren und diskutierten die Auswirkungen dieser Katastrophe. Man ist sich sicher, dass das Leben nie wieder in geregelten Bahnen verlaufen wird. Der Kiosk an der Ecke des Nudistenstrandes ist unter neuer Leitung.

Neuschwabenland 13.4.5013

Jemand hat wieder das Tor zum Hangar offen stehen lassen. Die verdammten Ureinwohner mit ihren Trommeln machen mich noch wahnsinnig, ich werde kein Auge zutun. Das letze Mal haben sie den Kamerad Kendler entführt und nur nach langen Verhandlungen wieder herausgegeben. Ausgerechnet Kendler! Ja, seine Haare waren zu der Zeit länger als erlaubt, er war lange nicht mehr an der Sonne und er hat auch Brüste.

Aber "weiße Göttin"? Ernsthaft? Es ist gut, dass wir hier sind und diesen Wilden etwas Kultur geben.

Neuschwabenland 14.4.5013

Einer der Supersoldaten, die im Labor schräg gegenüber gezüchtet werden, ist wieder geplatzt. Schweinsberg hat schon mehrfach versprochen, dass das nicht mehr passieren würde, aber es müssten Opfer für die Wissenschaft gebracht werden. Mit außermenschlichen Fähigkeiten würden wir die Welt erobern können. Angeblich arbeitet er gerade an Telekinese. Wenn ich diese Fähigkeit hätte, würde ich ja nicht die Welt erobern, sondern könnte bequem dafür sorgen, dass die Kuscheldecke auf dem Sofa nicht ständig von mir rutscht.

Neuschwabenland 15.45013

Heute habe ich gelesen, dass ein gesunder deutscher Mann alle sieben Sekunden an Sex denkt. Das hat mich nervös gemacht. Ab jetzt werde ich bestrebt sein, jede phallische Nahrung wie Bananen, Würstchen oder Spargel in unter sechs Sekunden zu essen, damit die Situation nicht eskaliert und es zu keinen falschen Gerüchten kommt.

Neuschwabenland 16.4.5013

Im Prinzip habe ich mich heute den ganzen Tag mit dem Nachlass meines Mordopfers beschäftigt. Es hat Ewigkeiten gedauert, bis ich die Kiste aus der Asservatenkammer bekam. Papierkram, langweiliger Papierkram. Ich hatte dabei fast das Gefühl, als würde ich innerlich ein wenig mit dem Opfer sterben. Nur weniger spektakulär.

Unter seinen Sachen fand ich auch seinen Terminplaner, in dem er akribisch seinen Tagesablauf beschrieb. Der größte Teil der Einträge war eher simpel gehalten.

07:00 Triceratops bestiegen.
12:00 Mittag. (Würstchen)
16:00 Triceratops abgestiegen.

An einigen Tagen lebte er am Limit und gab sich rebellisch, dann hieß es dort:

15:57 Triceratops abgestiegen.

Außerdem trug er noch den Schichtdienst seiner Verlobten Renate ein, wahrscheinlich um die Treffen mit ihr besser planen zu können.

Der Tag des Mordes gab keine interessanten Informationen her. Kurt hatte morgens frei, während Renate Schicht hatte. Sein Arbeitsbeginn wäre um 13:00 Uhr gewesen, wäre er nicht um 12:00 Uhr geplatzt. Für den Abend war ein gemeinsame Termin im Lebensborn Club eingetragen.

Neuschwabenland 17.4.5013

Ein Nachteil auf der Basis ist, dass wir fast nur abgelaufene Medikamente bekommen - oder welche, die noch nicht wirklich getestet sind. Der Fluch, mit dem man lebt, wenn man alles aus Nordkorea importieren muss. Aber irgendwas musste ich gegen meine höllischen Kopfschmerzen tun. Rein aus Interesse habe ich auch den Beipackzettel studiert.

"Nicht mit Alkohol zusammen nehmen."

Der praktische Test ließ die Frage offen: Warum? Sie waren so deutlich besser und mein spontaner Ententanz während der Besprechung hat großen Zuspruch gefunden.

Neuschwabenland 18.4.5013

Nachdem ich den Vormittag über haltlose Vorurteile verbreitet habe, war ich den Rest des Tages ziemlich müde.

Neuschwabenland 19.4.5013

"Sag Nein zu Drogen.", prangt jetzt als Poster in allen Fluren der Basis. Aber mal ganz ehrlich, wenn die Drogen zu dir sprechen, ist es schon zu spät.

Neuschwabenland 20.4.5013

Zur Zeit komme ich morgens nicht aus dem Bett. Egal wann ich schlafen gehe, ich bin morgens müde.

Was noch niemand erfunden hat: Einen Wecker, der nach dreimal Snooze drücken automatisch eine Krankmeldung an das Personalbüro schickt.

Neuschwabenland 21.4.5013

Ich habe endlich bei Sigrun, der Leiterin der Nudistenkolonie, angerufen. Heimlich verehre ich sie schon lange, konnte sie aber noch nie ansprechen. Sobald ich in ihrer Nähe bin, schießt mein Blut aus dem Sprachzentrum in andere Regionen, da sie ihre Arbeit sehr ernst nimmt und praktisch nie ihre Arbeitskleidung ablegt. Oder anzieht? Was sagt man da?

Heute war ich aber beruflich gezwungen mit ihr zu reden und konnte die Distanz über das Telefon nutzen. Für die Frühjahrsfeier mussten wir den Beitrag ihres Vereins zum Abendprogramm durchsprechen. Sigrun ist Neuschwabenländerin durch und durch. Sie versteht, dass es extrem wichtig ist, die Kameraden bei guter Stimmung zu halten und erklärte sich sofort bereit, alles zu tun, um uns und den Alten bei Laune zu halten.

Sigrun musste zwar noch nie die Hundeohren aufsetzen, hatte aber schon mehrfach die Ehre den Alten als Eva zum Abendessen begleiten zu dürfen. Seine Altersschwäche und schlechtes Sehvermögen ist Fluch und Segen zugleich. Aber wenigstens konnten wir für den Evaersatz jetzt eine gute Lösung finden. Nordkorea stellte uns einen umfangreichen Katalog an "Jungschauspielerinnen" aus Thailand zur Verfügung, aus denen wir nun Evas rekrutieren können. Sehr zum Bedauern der bedienenden Kameraden an diesen Abenden mussten wir relativ schnell darauf bestehen, dass sie sich nicht direkt ausziehen (in Thailand muss es eine sehr große Kultur des Nackttheaters geben - auch für Männer), sondern in ihrem Dirndl bleiben.

Um den Alten müssen wir uns dabei keine Sorge machen. Es ist schon lange bekannt, dass sich seine sexuellen Interessen rein auf Schäferhunde beschränken. Ein Umstand, der den Umgang mit Blondie allerdings nicht einfacher macht. Wir mussten den armen Blondie-Darsteller schon mehrfach mit einem lauten "Schnell in den Bunker, mein Führer! Die Russen!" aus seiner ausweglosen Situation befreien. Es ist wirklich kein schöner Anblick, wenn ein alter Mann mit runtergelassener Hose hinter einem Pinguin herjagt. Wir haben zwar schon lange keinen Krieg mehr, aber zu posttraumatischen Stresssituation kommt es hier immer noch.

Neuschwabenland 22.4.5013

Man möchte denken, dass wir hier in der Antarktis kaum Einfluss auf den Rest der Welt haben. Ganz im Gegenteil! In langweiligen Besprechungen schicke ich gerne SMS an zufällige Nummern in Deutschland mit der Nachricht: "Sie sind tot. Die Leichen in Säure oder wie immer verbrennen?"

Neuschwabenland 23.4.5013

Heute gab es keine Zeitung. Stattdessen hat mir meine Assistentin Diana die Tapete gebracht. Ich konnte inhaltlich keine Unterschiede feststellen.

Neuschwabenland 23.4.5013

Diana hat mir einen verdammt guten Kaffe und einen Kirschkuchen gebracht. Aus irgendeinem Grund möchte ich dies auf einem Diktiergerät festhalten.

Neuschwabenland 24.4.5013

Eine kaum bekannte Aufgabe unserer Basis ist, das Wissen und die Weisheit der Menschheit festzuhalten. In unserer Bibliothek befinden sich alle intellektuellen Schätze der Menschheit. Weltliteratur, Religion, Weissagungen, Gedichte, Musik - alles, außer Rap, Volksmusik und Vampirromanen.

Neuschwabenland 25.4.5013

Großes Völkerballturnier in Neuschwabenland. Statt Vuvuzelas blasen wir ekstatisch auf leeren Kornflaschen.

Neuschwabenland 26.4.5013

Aktuell planen wir in unseren Laboren, den Firmen Vorwerk und Dyson schwere Konkurrenz zu machen. Unser Staubsauger "Neuschwabex" wird nicht nur durch seine immense Saugkraft überzeugen, sondern sich völlig neue Käuferschichten erschließen, da er auf ein Safe Word hört.

Neuschwabenland 27.4.5013

Manchmal glaube ich, dass der frühe Vogel auch nur ein Lebewesen mit morgendlicher Blasenschwäche ist.

Neuschwabenland 28.4.5013

Ich habe heute so häufig "Nein" zum Update des Adobe Acrobat gesagt, dass ich mich für eine zweite Karriere als Erzieher im Kindergarten geeignet fühle.

Neuschwabenland 29.4.5013

Der Mordfall hängt immer noch wie ein Damoklesschwert über mir und hat die ganze Station in eine nervöse Spannung versetzt. Jeder ist sich bewusst, dass der Mörder immer noch unter uns sein muss. Ist es der Kamerad in der Koje? Oder doch der Koch? Wobei dieser genügend Möglichkeiten hätte, die ganze Basis zu vernichten. Dafür übt er jeden Tag.

Ich verfolge immer noch keine heiße Spur, sondern stolpere durch das Leben des Kameraden Kurt: Seine alte Einheit, die Vrilettes - alles bisher ohne Erfolg. Kein Motiv, keine Mordwaffe und vor allem: Kein Täter!

WONNEMOND 5013

neuer atlantischer Zeitrechnung

Monatsbefehl: Täglich der Zahnfee gedenken.

Sie lehrt unseren Kindern schon früh, dass man Körperteile für Geld sinnvoll verkaufen kann.

Neuschwabenland 1.5.5013

Gewalttätige Unruhen pünktlich nach dem Terminkalender in der alten Heimat. Auch wenn es die Kommunisten der alten Heimat nicht wahr haben wollen: Es gibt typisch deutsche Qualitäten, die auch die linken Chaoten nicht verneinen können.

Neuschwabenland 2.5.5013

Der katholische Militärpfarrer war heute zu Besuch, um einige Probleme bei seiner Arbeit mit mir zu besprechen. Er ist natürlich auch Pole, wie mittlerweile fast jeder Pfarrer auf der Welt. Man muss die Zusammenarbeit zwischen uns und dem Vatikan auch mal loben. Sie funktioniert seit über 90 Jahren verblüffend gut und es hat nie irgendwelche Reibungen gegeben. Gut, als die Nachrichten über die Kindesmissbrauchsfälle kamen, wollten wir die Zusammenarbeit abbrechen, weil wir so eine schlechte Publicity nicht gebrauchen können. Was sollen denn die Verbündeten von uns denken? Aber man versicherte uns, dass man das Problem unter Kontrolle hätte und die entsprechenden Personen schnell an gut bezahlte Positionen befördern würde. So ein professionelles Vorgehen schätzen wir natürlich. Diese Problemlösungsstrategie haben wir selber nach dem Krieg sehr erfolgreich praktiziert.

Ich selbst bin schon lange nicht mehr in der Kirche. Die Befruchtungsfeiern im Lebensborn empfinde ich einfach als befriedigender. Spirituell natürlich, aber auch sonst.

Hätte Jesus damals Mehl in Kokain gewandelt statt Wasser in Wein, sähe das vielleicht anders aus.

Neuschwabenland 3.5.5013

Dumme Menschen sind selten das Problem. Es sind die intelligenten Menschen mit den dummen Ideen, die mir Sorgen machen. Mit denen habe ich aber hier nichts zu tun.

Neuschwabenland 4.5.5013

So lange es Menschen gibt, die ihre Email per Telefon ankündigen, darf es uns nicht wundern, dass die Außerirdischen direkt in der hohlen Erde verschwunden sind und nie wieder gesehen wurden.

Wir sind einfach intellektuell noch nicht so weit.

Neuschwabenland 5.5.5013

Ich bin jetzt zum Gegenangriff übergegangen. Ich habe eine lange Mail geschrieben und gefragt, ob der Anruf geklappt hat. Nur meine Abneigung gegen das Gefängnisessen lässt hier die Kameraden überleben.

Neuschwabenland 6.5.5013

Auch wenn die Amerikaner mit PowerPoint die Redekultur zerstört haben, setze ich dieses Werkzeug gerne ein. Diagramme in 8pt, blinkende Animationen und Strichmännchenbilder.

Nichts eignet sich besser, um den Willen der politischen Gefangenen endgültig zu brechen.

Neuschwabenland 7.5.5013

Das asiatische Restaurant der Nordkoreaner musste wieder schließen, es kamen zu wenig Gäste. Dabei war die Speisekarte bei "Komm Miez-Miez-Miez" durchaus abwechslungsreich und lecker.

Neuschwabenland 8.5.5013

Helene Fischer in den Albumcharts in der alten Heimat... Und dort fragen sie sich, warum man in Deutschland kein erfolgreiches Raumfahrtprogramm mehr hat.

Neuschwabenland 9.5.5013

Während der Arbeit wechsel ich gerne mal heimlich den Sender von Radio Neuschwabenland auf Sender der alten Heimat. Man kann die Reichspalast-Rede des Alten auch nicht immer hören. Aber was soll diese Ansage: "DEUTSCHLAND FUNK!"?

Ich musste mich vor den Nachrichten durch ein vierminütiges Marimba-Solo und ein 30-strophiges Dadaismus-Gedicht quälen. Welcher Sender sollte das denn sonst sein?

Neuschwabenland 10.5.5013

Auch wenn die Basis auf völlig unerforschtem Grund errichtet wurde, verdichten sich für mich die Anzeichen, dass mein Bürotrakt auf dem Besserwisser-Friedhof einer uralten Rasse erbaut wurde.

Ein Schicksal, das anscheinend viele Bürokomplexe teilen.

Neuschwabenland 11.5.5013

Eine brillante Idee der Amerikaner, den langen Satz "Jedes Lied, das ich besitze, maximal 5 Sekunden anhören, stöhnen und dann auf 'Weiter' klicken" mit dem kurzen Wort "Shuffle" abzukürzen. Auch von ihnen können wir manchmal noch etwas lernen.

Neuschwabenland 12.5.5013

So langsam verstärkt sich in mir der Verdacht, dass die führenden Wissenschaftler der Welt nicht einmal daran arbeiten, die Technik der Jetsons für die Allgemeinheit verfügbar zu machen.

Neuschwabenland 13.5.5013

Ich bin sehr froh, dass mein Büro nicht im obersten Stockwerk liegt. Es ist nicht so, dass ich Höhenangst hätte, aber jedes Mal, wenn ich in den 8. Stock zum Kommandanten muss, geht mir der Gedanke durch den Kopf, dass dieser Fahrstuhl vom billigsten Anbieter der Ausschreibung gebaut wurde.

Neuschwabenland 14.5.5013

Das asiatische Restaurant hat unter neuer Leitung wieder aufgemacht. Man verspricht besseren Service und frischere Ware. Auf den ersten Blick scheint das auch zu stimmen, da man die Kätzchen jetzt direkt aus ihrem Körbchen auswählen kann.

Neuschwabenland 15.5.5013

Zur Steigerung der Motivation auf der Basis habe ich heute die Avocado-Creme im Glas gegen Wasabi getauscht. Den Rest des Tages musste ich mich in der Besenkammer verstecken, aber das Opfer war es wert. Es gibt wieder Gesprächsstoff für die nächsten Wochen.

Neuschwabenland 16.5.5013

Heute war Helga im Büro, um über das Kulturprogramm für das Frühjahr zu sprechen. Sie möchte den Sandstrand, der zu ihrer Imbissbude an der Nudistenkolonie gehört, verbreitern, um so mehr Platz für Strandburgen zu bieten. Auch wenn uns seit fast 80 Jahren nichts außer der Erinnerung mehr an die Heimat bindet - eines bleibt dem Deutschen immer: Die innige Liebe zu Sandburgen. Daher wurde ihr Vorschlag auch direkt angenommen und die Baumaßnahmen sollen schon nächste Woche starten.

Neuschwabenland 17.5.5013

Heute habe ich den Kameraden Bosbach davon überzeugt, dass er beim Reifenwechsel darauf achten muss, dass er in die Winterreifen Winterluft und keine Sommerluft pumpt, sonst käme es zu erheblichem Abrieb.

An meine zukünftigen Enkel: Bleibt in der Schule!

Neuschwabenland 18.5.5013

Diana, solltest du dies lesen und ich unter Alzheimer leiden: Binde mir einfach ein Handtuch um und sage mir, dass ich Bruce Wayne sei. Ab da weiß ich dann weiter.

Neuschwabenland 19.5.5013

Man glaubt es nicht! Heute stand ein Eintreiber der GEZ vor der Tür und wollte wissen, ob wir die Reichsempfänger angemeldet haben. Sonst sei eine Nachzahlung seit 38 fällig.

Neuschwabenland 20.5.5013

Heute lief ein Remake von "Die Blaue Lagune" im Fernsehen. Ohne Sexszenen. Ich befürchte, die Macher haben den Sinn des Originals nicht verstanden.

Neuschwabenland 21.5.5013

1928 Amelia Earhart fliegt über den Atlantik

1969 Mondlandung
1977 Die Voyager-Sonden starten
2012 Gangnam Style

Deswegen ist unsere Mission so wichtig! Nur wir können die Welt retten.

Neuschwabenland 22.5.5013

Was wäre, wenn die Zombieapokalypse durch Zäpfchen ausgelöst würde?

Das würde den merkwürdigen Gang der Zombies in diesen Dokumentarfilmen erklären.

Neuschwabenland 23.5.5013

Heute musste ich die Videos unserer Spionage-Ufos durchschauen. In erster Linie eher langweiliges Material. Überflüge einiger Städte, Kontakte mit Informanten und die monatliche Entführung, wobei der Pilot in einem albernen Kostüm einen Bewohner vom Land kurz aus der Wikipedia vorliest. Die meisten Entführungsopfer sind von dieser plötzlichen Bildung so verwirrt, dass sie das Ereignis komplett verdrängen und eine wilde Geschichte erzählen. Damit vertuschen wir unsere Missionen seit Jahren.

Aber jedes Mal, wenn ich in diesen Überwachungsvideos einen einzelnen Schuh auf einer deutschen Autobahn entdecke, frage ich mich:

a) Warum?

und bin

b) traurig, dass ich noch nie bei einer so tollen Party war.

Neuschwabenland 24.5.5013

Ich hatte heute das erste Mal Streit mit meiner Assistentin Diana. Sie bestand darauf, dass Männer immer nur an das Eine denken würden. Das ist natürlich völliger Brüste!

Neuschwabenland 25.5.5013

Abschied nehmen ist schwer. Kameraden, Haustiere und nun der 6 Wochen alte Joghurt im Kühlschrank. Ich brauche eine Schulter zum Anlehnen.

Neuschwabenland 26.5.5013

Heute das Lexikon für die Rekruten um einen neuen Eintrag erweitert.
Beilagensalat, der: (kantinisch) aus Pflanzenresten hergestelltes, meist essbares, aber nicht verdaubares Kunstprodukt zu überhöhten Preisen.

Neuschwabenland 27.5.5013

Die Mittagsruhe in der Nudistenkolonie wurde erneut durch Pingpong spielende Pinguine gestört. Ich fürchte, ich muss doch bald ein Machtwort sprechen.

Neuschwabenland 28.5.5013

Heute die Ermittlungen fortgesetzt und endlich meinen Termin bei Hanussen gehabt. Ähnlich wie die Vrilettes ist er ein beschäftigter Mann, bei dem man nur schwer einen Termin bekommen kann. Der Höhepunkt seiner Karriere liegt schon länger hinter ihm und einige falsche Prophezeiungen haben seinen Ruf nachhaltig zerstört. Dass er das falsche Kriegsende vorausgesagt hat, nimmt ihm niemand übel. So wirklich hat niemand daran geglaubt, dass es eine gute Idee ist, an allen Fronten Krieg zu führen. Aber die falschen Fußballergebnisse bei der Weltmeisterschaft 1958... Das hängt ihm heute noch nach.

Hanussen ist trotz seines Alters immer noch eine charismatische Figur. Man kann die Magie förmlich spüren, die von ihm ausgeht. Keine Spur von geistigen Mangelerscheinungen oder fehlender Aufmerksamkeit. Sein Blick hat mich bei der heutigen Befragung schier durchbohrt.

Er war nicht unfreundlich, aber reserviert. Wahrscheinlich gehört das dazu, wenn man die Aura des Geheimnisvollen behalten will. Er ließ sich den Fall genau von mir schildern. Wie der Tote lag, seine Geschichte, seine Persönlichkeit - soweit ich das sagen konnte. Dann blickte er lange auf die Fotos vom Tatort, bis er schließlich zu seinem Urteil kam.

"Es muss eine Frau gewesen sein."

"Warum?", fragte ich erstaunt. War mir ein Detail entgangen?

"Die pure Gewalt des Vorfalls. Der Mann ist unzweifelhaft mittels okkulter Kräfte getötet worden. Magie, wenn Sie so wollen. Aber ein Mann würde so nicht vorgehen. Eine magische Wirkung diesen Ausmaßes ist schwierig, sehr schwierig.

Es wäre einfacher, eine 38er zu nehmen und abzudrücken. Um so eine energetische Gewalt auszulösen, brauchen Sie viel Energie. Sehr viel Energie. Wut, Verzweiflungen oder... Hass. Das können Frauen einfach besser. Wir Männer hassen und sind dabei immer noch pragmatisch, vielleicht auch ein wenig faul. Trotz aller Emotionen."

Ich dachte kurz darüber nach und musste ihm recht geben. Ich würde Wolf erdrosseln, erschießen, vergiften und einigen anderen Todesarten zuführen, aber alles wäre sachlich und ohne Leidenschaft. Das Ziel war entscheidend. Nicht der Weg dahin.

Ich nickte bedächtig und er fuhr fort.

"Daraus lässt sich ebenfalls ableiten: Es handelt sich um eine leidenschaftliche Tat. Verbitterte Liebe wäre ein Motiv, Enttäuschung, Betrug. Völlig ausgeschlossen sind meiner Meinung nach rein wirtschaftliche Interessen oder um jemanden zum Schweigen zu bringen."

Er gab mir das Foto zurück und ich spürte deutlich, dass die Sache für ihn abgeschlossen war.

Man drängt einen großen Künstler nicht und ich bin einen deutlichen Schritt weitergekommen. Ich habe ein Motiv, zumindest sind meine möglichen Motive deutlich eingeschränkt worden. Ebenso habe ich endlich eine Tatwaffe: Magie. Mit viel Hingabe erweiterte ich meinen Fragebogen bei "Täter" handschriftlich auf Täter-in.

BRACHET 5013

nach atlantischer Zeitrechnung

Monatsbefehl: Gegen deutsche Schlager immunisieren.

Neuschwabenland 1.6.5013

Ich habe mich bei Kamerad Schäubler entschuldigt, dass ich seine Gefühle verletzt habe. Es ist mir auch wirklich peinlich, eigentlich hatte ich auf seine Kniescheibe gezielt. Werde für nächste Woche eine extra Stunde auf der Schießbahn einplanen.

Neuschwabenland 2.6.5013

Mit großem Stolz wurde heute die neue Hirnstrahlungsanlage in Betrieb genommen. Die neue Anlage ist deutlich leistungsstärker als die alte und wird unseren Einfluss noch einmal deutlich verbessern. Insgesamt sind die Ergebnisse dieser Anlage sehr überzeugend und eine der wenigen Dinge, die direkten Einfluss auf die Welt außerhalb von Neuschwabenland haben. So können wir zum Beispiel bei alten Menschen trotz deren immenser Demenz dafür sorgen, dass sie zwar vergessen, sich die Hose zuzumachen, aber nicht, dass sie Rassisten sind.

Neuschwabenland 3.6.5013

Ich habe das neue Sportprogramm für die Rekruten zusammengestellt. Eine gute Mischung aus diversen Übungen, die sie später noch gut gebrauchen werden können und die sie auf das Leben im vierten Reich vorbereiten soll. Ich bin mir noch nicht sicher, ob ich "Der Verantwortung ausweichen" als Krafteinheit oder als Cardio-Übung einordne.

Neuschwabenland 4.6.5013

Unsere Expedition aus Südamerika ist zurück. Die Aufgabe der Truppe war es, nach verschollenen Kulturen zu forschen, die die Überlegenheit der deutschen Rasse eindeutig belegen können. Die ersten Berichte lesen sich sehr Erfolg versprechend und ich lerne noch einiges über die Ureinwohner dort. Sie haben zum Beispiel 47 verschiedene Worte für "War hier nicht mal Wald?".

Neuschwabenland 5.6.5013

Heute in einem wissenschaftlichen Artikel gelesen, dass die imperialistische

Barbie-Puppe einen negativen Einfluss auf das Körperbild von Kindern hat und sie bis in ihr Erwachsenenleben hinein prägt. Damit wird mir einiges klar. Ich hatte als Kind ein dickes Plüsch-Nilpferd.

Neuschwabenland 6.6.5013

Der Gedanke, dass Jesus von einem unbezahlten Praktikanten in seinen Reihen verraten wurde und deswegen starb, sollte uns allen zu denken geben. Daher habe ich Hans heute fünf Reichsmark zugesteckt.

Neuschwabenland 7.6.5013

Die Spülung des Klos im Kasino hygienisch zu betätigen, erfordert die geschmeidige Beweglichkeit eines Kunstturners. Der Schlüssel liegt im richtigen Schuhwerk und einer katzenhaften Balance. Trotzdem werde ich mal ein ernstes Wort mit der Putzkolonne reden. Ich hätte gerne meinen Stiefel wieder, der jetzt an der Wand klebt.

Neuschwabenland 8.6.5013

Warum müssen die Bäcker immer so viel Mehl auf ihr Gebäck stäuben? Hassen sie einfach nur Menschen in schwarzen Uniformen oder steckt ein größeres Ziel dahinter?

Neuschwabenland 9.6.5013

Einer dieser Tage, an denen man in den Spiegel schaut und sich denkt: Es braucht mehr Pervetin. Der Chef hat schlechte Laune, Blondie ebenso und ich muss alles ausbaden. Dann auch noch die toten Pinguine in der Einflugschneise der Reichsflugscheiben. Es kommt immer wieder zu Unfällen und ich habe den Verdacht, dass sich die Piloten einen Spaß daraus machen, die kleinen Kerle über das Vorfeld zu jagen. Mir tut dabei das Herz weh und ich lege zu jedem toten Tier einen Selbstmord-Abschiedsbrief, damit die Familien loslassen können. Hoffentlich begreife sie diese Geste auch.

Neuschwabenland 10.6.5013

Seit einigen Tagen ist ein Austauschagent der NSA bei uns zu Besuch. Wir verachten die Amerikaner zwar, aber man hilft Kollegen natürlich wo man kann. Schließlich haben wir ein gemeinsames Ziel, nämlich einen faschistoiden Überwachungsstaat aufzubauen und das können die Amis natürlich am besten von uns lernen. Auch wenn ich gestehen muss, dass sie uns in einigen Bereichen deutlich voraus sind und weniger Skrupel haben als wir. Nach Feierabend fragte er mich dann, wo er noch essen gehen könnte. Ich habe ihm das Bukkake empfohlen, da es dort das beste Sushi gibt. Ich freue mich schon, wenn er online reservieren will.

Neuschwabenland 11.6.5013

Ein grausig-schleimiges Geräusch. Stille. Dann die alles entscheidende Frage. Wo bin ich jetzt schon wieder reingetreten? Ich habe mich bis heute Abend noch nicht getraut nachzuschauen, da ich hoffe, dass es einfach von sich aus wieder wegkriecht.

Neuschwabenland 12.6.5013

"Weiter rechts!", "Schneller!", "Beiß mich!", "Mehr Pinguine!" Es beweist sich doch immer wieder: Eine klare Kommunikation zwischen den Partnern hilft nicht nur beim Sex, sondern auch bei Besprechungen.

Neuschwabenland 13.6.5013

Die "Vertuschen"-Stempel sind endlich geliefert worden. Nach dem Vorfall mit Snowden hat der BND praktisch die ganze Produktion aufgekauft und es hat Ewigkeiten gedauert, bis auch wir mal beliefert wurden.

Neuschwabenland 14.6.5013

Mein Praktikant hat mich heute gefragt, ob ich einen eisernen Leitsatz bei meiner harten Aufgabe auf der Basis habe. Ich habe mit "Eigentlich nur einen. Keine Kissenschlachten eingeölt auf der Terrasse - an einem Dienstag." geantwortet. Das wird ihn lehren, noch mal ohne Klopfen in mein Büro zu kommen.

Neuschwabenland 15.6.5013

Hat jemand meine Hoffnung gesehen? Ich verliere sie immer. Sie ist nicht sehr groß, aber mit kleinen, süßen Träumen. Und Glitzer.

Neuschwabenland 16.6.5013

Mit der Putzkolonne wegen dem Zustand der Kasino-Toilette telefoniert. Ich bin immer noch etwas enttäuscht, dass sie sich nicht mit "Sagen Sie mir etwas Schmutziges." melden.

Neuschwabenland 17.6.5013

Dieses Internet macht mir immer mehr Spaß und ich nehme jetzt aktiv daran teil. Aber wenn diese Kätzchen weiter in der Kaffeetasse ertrinken, werde ich niemals das perfekte virale Foto hinbekommen.

Neuschwabenland 18.6.5013

Große Aufregung in Neuschwabenland. Merkel hat ein "Neuland" entdeckt und will es in den kommenden Jahren für Deutschland in Besitz nehmen. Entweder sind wir aufgeflogen oder sie erinnert sich endlich wieder an gute, alte, deutsche Tugenden.

Neuschwabenland 19.6.5013

Sie meint das Internet und nicht Neuschwabenland. Das Internet! Manchmal bin ich mir nicht wirklich sicher, ob wir wirklich die echten Nachrichten bekommen oder eine besondere Satiresendung aus der alten Heimat.

Neuschwabenland 20.6.5013

Müsste ich mich zwischen Weltherrschaft und Superheldenkräften entscheiden, wäre die Welt ein besserer Ort - und ich ein Leben lang enttäuscht.

Neuschwabenland 21.6.5013

Der Termin mit Renate, der Verlobten des Ermordeten, verlief heute sehr gut. Es war genug Zeit vergangen, dass sie mir nicht weinend zusammenbricht - und ich direkt daneben mit ihr. Eine starke Frau, so wie sich der Führer deutsche Mädels vorstellt. Die Haare adrett zu Schnecken angelegt, weiße Bluse, langer Rock. Sie hätte Model für unsere Werbeflyer sein können. Renate arbeitet als Telefonisten in der zentralen Leitstelle. Auch wenn wir hier fast alle Mobiltelefone haben, ist diese Aufgabe nicht überflüssig geworden. Zum einen ist die Netzabdeckung in Neuschwabenland sehr dürftig und zum anderen ~~belauschen~~ überwachen sie die Kommunikation auf der Basis. Letzteres natürlich ohne Auftrag, aber niemand ist so gut informiert wie die Telefonistinnen. Wenn man wissen will, wo am Abend eine kleine Feier steigt oder wo noch Pervetin-Vorräte sind, muss man nur eine der Telefonistinnen fragen.

Sie begrüßte mich militärisch exakt und bot mir einen Platz an. Über Kurt konnte sie mir wenig Neues berichten, da sie auch noch nicht lange ein Paar waren. Eine unglaublich starke Frau, da sie während unseres Gespräches nicht einmal weinen musste und auch sonst schon sehr gut über den Verlust hinweg zu sein schien. Für mich neu war nur, dass Kurt in seiner Freizeit gerne mit freier Energie und Vril experimentierte. In einer der leerstehenden Hallen hatte er dazu eine kleine Werkstatt, die ich mir in den nächsten Tagen mal anschauen will. Dieses Hobby ist vielleicht ungewöhnlich, aber nicht absonderlich. Den Zugang zur freien Energie wurde uns durch die Atlanter ermöglicht und wir haben ihre Wirkung und Nutzung daraufhin perfektioniert. Eine universelle Kraft des Universums, die nur reinen Ariern zur Verfügung steht, weswegen der Rest der Welt auch noch auf Kohle und andere zerstörende Kräfte der Energiegewinnung angewiesen ist. Wie genau das Zusammenspiel von Vril und freier Energie funktioniert, ist mir auch fremd. Mir reicht es, wenn der Strom aus der Steckdose kommt.

Renate verabschiedete mich genauso professionell, wie sie mich begrüßt hatte. Ich drückte ihr noch mal mein Beileid bezüglich ihres Verlustes aus und verließ ihr Büro. Vor der Tür machte ich mir noch ein paar Notizen, während sich Renate wieder ihrer Arbeit widmete: Sie erzählte ihren Kolleginnen direkt von unserem Gespräch, damit auch sie auf dem aktuellen Informationsstand waren und dies auf der Basis verteilen konnten. Ich war schon im Gehen begriffen, als mich ein Satzfetzen aufhorchen ließ: "... das hat er sich selber zuzuschreiben...", hörte ich Renate sagen. Von ihren Kolleginnen kam kein hörbarer Widerspruch, was ich sehr bemerkenswert fand. Ist Renate vielleicht kein starkes deutsches Mädel, sondern ein durchtriebenes deutsches Mädel? Hat sie ihren Verlobten mittels okkulter Rituale entsorgt? Die Frauenzeitungen auf der Basis sind voll mit Anleitungen, wie man bei so einem Fall vorgehen müsste. Zur Zeit ist Voodoo sehr in Mode, da wir aber keine Hühner hier haben und Pinguine sich nicht als Ersatzopfer eignen (wahrscheinlich wissen die Voodoo-Götter mit ihnen nichts anzufangen), sind die Folgen sehr überschaubar und harmlos. Bis auf eine Menge blutiger Pinguine eben.

Neuschwabenland 22.6.5013

Der Alte ist unzufrieden und möchte der Welt gerne dieses Wunder mit Namen Neuschwabenland zeigen. Er beauftragte den Kommandanten damit, den Tourismus für die Region anzukurbeln und das wahre Gesicht Deutschlands zu zeigen. Das hätte schließlich Olympia'36 auch schon geklappt. Rate mal, wer diesen Auftrag jetzt hat...

Ich habe kurz die Bewerbung für die aktuellen olympischen Winterspiele geprüft, aber selbst wenn wir alle unsere Goldreserven in der Schweiz verkaufen, können wir diesen Blatter nicht bekommen. Der ist noch für Jahre exklusiv bei den Russen und Scheichs unter Vertrag. Daher habe ich selber den ganzen Tag mit Werbebroschüren für die Basis verbracht. Mit den Slogans bin ich sehr zufrieden.

"Mehr Nazis werden Sie nur in Hoyerswerda sehen."

"Die blühenden Landschaften, die Kohl nicht erreicht hat."

"Liederabende ohne Springerstiefel."

"Exklusives Angebot für aufgeschlossene Paare: Gemischte Unterhaltung im Dienste des Ahnenerbes in einem original nachgebauten Lebensborn. Alles kann, nichts muss."

Den Flyer zur Nudistenkolonie werden wir faltbar auf A3 machen. Ich verspreche mir große Werbewirkung von Sigrun nackt auf einem Dinosaurier.

Neuschwabenland 23.6.5013

"Zwischen Ihnen und Ihren Träumen steht nur Ihr Talent." Mitarbeitermotivationen ist eine meiner Stärken.

Neuschwabenland 24.6.5013

Ich weiß nicht, wie oft ich es Diana noch sagen soll. Ich brauche nicht das Dokument "Weltherrschaftsplan_Finale_Version.doc", sondern das aktuellere "Weltherrschaftsplan_Finale_Version_V2.0_(Mit_Anmerkungen).doc"

Neuschwabenland 25.6.5013

Wir lassen gerade Simulationen zur kommenden Zombieapokalypse durchlaufen. Unsere Computer zeigen verblüffende Ergebnisse. Einige Menschen werden von der Infektion ausgeschlossen sein. Katzenberger und Göökler zum Beispiel. Selbst ein Untoter wäre nicht so verrückt, da reinzubeißen.

Neuschwabenland 26.6.5013

Meine Strategie mit weit aufgerissenen Augen in jede Überwachungskamera zu schauen und stumm "Bitte helfen Sie mir" zu schreien, ist bisher erfolglos geblieben.

Neuschwabenland 27.6.5013

Im Rahmen der Chancengleichheit in unseren Kindergärten darf Sackhüpfen nur noch durchgeführt werden, wenn sichergestellt ist, dass alle Kinder gleichzeitig ankommen.

Neuschwabenland 28.6.5013

Mal schauen, was der Tag heute im Büro für mich bereithält. Da ich die Kopfhörer zu Hause vergessen habe, vermute ich: Mord.

Neuschwabenland 29.6.5013

Nachteil an diesen neuen In-Ear Kopfhörern: Ich bin mir nie sicher, ob mein Gegenüber schreit oder gähnt.

Neuschwabenland 30.6.5013

Die olympischen Winterspiele in München sind von der Bevölkerung abgelehnt worden. Ich hätte den Funktionären auch direkt sagen können, dass Demokratie einfach nicht die gewünschten Ergebnisse bringt. Mensch, erinnert euch doch mal an eure Vergangenheit. Dann wisst ihr auch wieder, wie man das richtig macht.

HEUERT 5013

nach atlantischer Zeitrechnung

Monatsbefehl: Uniformwechsel auf weiße Socken in Sandalen.

Neuschwabenland 1.7.5013

Wir haben Snowden Asyl angeboten. Der Platz in der Linienmaschine wurde mit einem Handtuch reserviert.

Neuschwabenland 2.7.5013

Statt Snowden haben wir einen betrunkenen Engländer bekommen. Die haben das mit den Handtüchern immer noch nicht verstanden.

Neuschwabenland 3.7.5013

Es verblüfft mich immer wieder, dass in den mystischen Texten der Tibeter niemals die wörtliche Übersetzung von "Karma" zu finden ist. Dabei sollte jedem Eingeweihten doch klar sein, dass es nur "Haha! AM ARSCH!" sein kann.

Neuschwabenland 4.7.5013

Heute nur einen Termin im Kalender. Der Offizier hat mir persönlich versichert, dass die Besprechung nicht länger als 30 Minuten dauern wird und es danach Gruppensex gibt. Eine Aussage sei allerdings gelogen.

Wie dem auch sei, ich freue mich auf die erotischen Ausschweifungen.

Neuschwabenland 5.7.5013

Jeder Tag sollte einen Moment aufgeregten Herzklopfens enthalten. Heute war es der Kaffee vom Hausmeister.

Neuschwabenland 6.7.5013

Nieselregen. Den Hut tief ins Gesicht gezogen. Zigarette im Mundwinkel. Harte Schlagschatten durch die FLAG-Scheinwerfer. Mit dem Rucksack an der Türklinke hängenbleiben. Auch Helden der Wehrmacht haben mal schlechte Tage.

Neuschwabenland 7.7.5013

Dieses Erwachsensein hat nur Nachteile. Niemand bringt einem mehr ein Malbuch und Buntstifte, wenn es ein regnerischer Tag ist.

Neuschwabenland 8.7.5013

Ich war heute endlich in der Werkstatt von Kamerad Kurt. Der Hausmeister wollte mir den Schlüssel nicht rausgeben und zeigte sich auch von meiner Dienstmarke unbeeindruckt. Seine Position sei weit über meiner, womit er, wie ich mir eingestehen muss, recht hat. Niemand steht über einem Hausmeister. Mit einer kleinen Zuwendung aus dem Arzneischränkchen der Basis konnte ich ihn aber dann doch gnädig stimmen. Das bedeutet zwar leider auch, dass ich die Viagra-Ration des Führers in den nächsten zwei Wochen durch Smarties ersetzen muss, wofür mir Blondie aber sicher sehr dankbar sein wird. Insgesamt also ein sehr gutes Geschäft für alle Seiten.

Seine Werkstatt befand sich in der Ecke einer ansonsten leerstehenden Halle, die früher einmal zur Lagerung von Jopie Hesters Klonen genutzt wurde, um damit die Bühnen der alten Heimat zu überschwemmen. Leider hatten wir damals den Klonvorgang nicht unter Kontrolle, so dass jede Kopie immer wackliger wurde und auf der Bühne kaum noch zu gebrauchen war. Das Projekt wurde eingestellt und durch Lanz-Talkshows ersetzt. Die wehrzersetzende Wirkung ist die gleiche.

Kamerad Kurt muss ein sehr ordentlicher Mensch gewesen sein. Alles lag an seinem Platz und sogar das Vrilettes-Centerfold war exakt über dem Arbeitsplatz ausgerichtet angebracht. In den Schubladen befand sich auch nichts Ungewöhnliches. Einige (befleckte) Ausgaben der Nudistenzeitung "Von Leibeszucht und Leibesschönheit", Werkzeug, Messgeräte und eine Flasche Jägermeister. Es gab keine angefangenen Werkstücke, was mich etwas verwunderte. Ebenso konnte ich auf den ersten Blick keine Baupläne oder ähnliche Anleitungen finden. Ich trat ein paar Schritte zurück und schaute mir die Werkstatt aus einiger Entfernung noch mal an. Sie wirkte zu perfekt. Selbst der Aschenbecher war leer. Jemand muss vor mir hier gewesen sein.

Neuschwabenland 9.7.5013

Besuch im Ausbildungszentrum für unsere Einzelkämpfer. Sie lernen wirklich von den Besten. Unsichtbarkeit im offenem Gelände zum Beispiel von TV-Fernbedienungen.

Neuschwabenland 10.7.5013

Ich muss meine Vorurteile über diese primitiven Stämme überdenken. Voodoo funktioniert wirklich. Man muss nur diese kindliche Puppe weglassen und die Nadeln direkt in die Menschen stecken. Man erhält noch bessere Ergebnisse mit Nägeln statt Nadeln.

Neuschwabenland 11.7.5013

Irgendjemand hat die IQ-Werte für die Menschheit wieder auf die Werkseinstellung zurücksetzen lassen.

Neuschwabenland 12.7.5013

Liebe Kameraden, die eine Email mit einem Anruf beantworten. Was ist in eurer Kindheit falsch gelaufen?

Neuschwabenland 13.7.5013

Ich komme immer mehr zu der Überzeugung, dass Teenager mit ihrem "Das bringt eh alles nichts" durchaus recht haben könnten.

Neuschwabenland 14.7.5013

Die Kameradin hat mich heute mit Kuchen überrascht. Nach 15 Jahren auf dieser Basis als Offizier tue ich das, was jeder tun würde: Schauen, ob sie auch etwas davon isst.

Neuschwabenland 15.7.5013

Man kann für die Krankenschwester nur hoffen, dass die Skinny Jeans noch lange in Mode bleiben wird. So schnell wird sie da nicht rauskommen.

Neuschwabenland 16.7.5013

Mittlerweile sollten meine Kameraden eigentlich wissen, dass ich einen "Dirty-Dancing-Lift" haben möchte, wenn ich auf sie zulaufe.

Neuschwabenland 17.7.5013

Manchmal schaue ich mir meine Nachbarn an und denke mir: Mit denen soll ich ein Team bei der Zombieapokalypse bilden?

Neuschwabenland 18.7.5013

Nach all den Jahren in Neuschwabenland weiß ich: Meine beruflichen Aufstiegsoptionen bestehen aus Treppe oder Fahrstuhl.

Neuschwabenland 19.7.5013

Ich rede jetzt schon mit so vielen leblosen Objekten, dass ich etwas Sorge habe, im Alter keine Macken mehr entwickeln zu können.

Neuschwabenland 20.7.5013

Blondie hat sich heute geweigert, ihre Arbeit anzutreten. Die Nummer hatte ich schon häufiger. Dann steht dieser Pinguin vor mir, sagt andauernd, dass sein Name Antonio sei und er weder gewillt ist die Schäferhundohren aufzusetzen noch sich den Schwanz anzustecken und zu bellen. Er sei zu Größerem berufen und wäre unter dem Versprechen in die Truppe gekommen, dass er Fallschirmjäger werden könnte. Eine Diva ist nichts dagegen. Ich musste mit Engelszungen auf sie/ihn einreden, dass dies alles Teil der Ausbildung ist und wir alle unten angefangen haben. Verdammt noch mal, selbst ich habe schon Blondie für den Alten spielen müssen, als der Pinguin einen Kater hatte. Der Alte hängt nun mal an seinem Schäferhund, aber diese sind hier in der Antarktis einfach nicht zu bekommen. Unsere Freunde in Nordkorea haben sämtliche Bestellungen in dieser Richtung missverstanden und uns statt einem Hund außergewöhnlich leckeres, asiatisches Essen geschickt. Warum auch immer.

Neuschwabenland 21.7.5013

Nach jedem Besuch in der Kantine stelle ich mir die Frage: Diese klare Flüssigkeit, die vor dem Ketchup aus der Flasche kommt... Nennt man die Präketchulat? Wer könnte das wissen?

Neuschwabenland 22.7.5013

Als Sicherheitsüberprüfung habe ich mir die Liste aller benutzten Passwörter auf der Basis geben lassen. Es ist mir einfach zu mühselig, immer alle Post-Its unter der Mausmatte abzuschreiben. Wie immer habe ich dabei Tränen in den Augen. Dass verstorbene Haustiere ewig als unsichere Passwörter weiterleben, hat einfach etwas Rührendes.

Neuschwabenland 23.7.5013

Lange Diskussion mit dem Anführer der Dinoreiter gehabt. Natürlich glaube ich seinen Ausführungen. Aber ich glaube auch an Aliens, Mondnazis und Dinosaurier. An seiner Stelle wäre ich also nicht so freudig erregt.

Neuschwabenland 24.7.5013

Mein Sold wurde um 5 Prozent erhöht. Ich kann mir also 3 Stunden länger Rente gönnen.

Neuschwabenland 25.7.5013

Pilzsuppe in der Kantine gegessen. An meinen Nachlassverwalter: Bitte alle Eintragungen über Farben, das Universum und Socken einfach ersatzlos streichen.

FARBEN BLUMEN HABEN!

Neuschwabenland 26.7.5013

Unser Budget wird von Monat zu Monat knapper. Ob ich mit Fair-Trade Pornos eine neue Branche im Internet schaffen könnte?

"Nachhaltige Ekstase II"
"Die jungen Tofu-Gören"
"Wilde Soja-Spiele" oder
"Teenies - Zum Korn schroten gezwungen".

Ich werde die Idee mal mit der Nudistenkolonie durchbesprechen.

Neuschwabenland 27.7.5013

Nudistenkolonie ist einverstanden, sehen das Ganze aber eher als Dokumentation ihres Vereinslebens.

Neuschwabenland 28.7.5013

Wir haben die Kontrolle über einen großen Teil des deutschen Computernetzes mit einem Virus übernommen. Im Prinzip war es ganz einfach. Man musste nur eine Email mit "In der Teeküche stehen Muffins" und dem Anhang "Muffinrezept.zip" an diverse große Firmen verschicken.

Neuschwabenland 29.7.5013

Ich arbeite schon so lange hier in einem Befehlsempfängerverhältnis, dass mein Kopf automatisch nickt, wenn ich die Stimme des Vorgesetzten höre.

Neuschwabenland 30.7.5013

Disziplin ist alles. Wenn ich meine tägliche Laufrunde nicht schaffe, wird die Strecke einfach am nächsten Tag drangehangen. Morgen also Novosibirsk und zurück.

Neuschwabenland 31.7.5013

Ich ziehe bei jeder Besprechung den Bauch ein! Der Chef soll mir also nichts über Selbsthingabe im Job erzählen!

ERNTING 5013
nach atlantischer Zeitrechnung

Monatsbefehl: In Altenheimen Puderzucker gegen Kokain tauschen.

Neuschwabenland 1.8.5013

Manchmal habe ich Sorge, dass mein Reinkarnationszyklus nur aus mir selbst besteht.

Neuschwabenland 2.8.5013

Bisher verlief mein Tag relativ langweilig und ereignislos. Ich sollte ihn mit ein paar dummen Entscheidungen aufpeppen.

Neuschwabenland 3.8.5013

In Berlin fliegt eine Abhörstation nach der nächsten auf. Die Amerikaner, die Briten... in den nächsten Tagen dürften noch weitere Nationen folgen. Nur unseren Hausmeister, der alles im Kanzleramt mitschreibt, werden sie so schnell nicht entdecken. Er hat sich seinen Respekt hart erarbeitet und niemand bezweifelt mehr, dass er wirklich ein Hausmeister ist, nachdem er Merkel im Bundeskanzleramt mit "Hier können Sie nicht parken!" angebrüllt hat.

Neuschwabenland 4.8.5013

"Ok, immer noch das gleiche Zeug in meinem Kühlschrank. Ich schaue dann in fünf Minuten noch mal vorbei." Ich muss dringend etwas an meiner Abendgestaltung ändern.

Neuschwabenland 5.8.5013

Im Film habe ich die Szene schon tausendmal gesehen. Der Mann schiebt alle Dinge vom Tisch, hebt die Frau darauf und küsst sie dann leidenschaftlich. Ich würde mich schon über frische Crêpes freuen. Mein letzter Kuss ist zu lange her. Dabei zähle ich die Annäherung von Kamerad Dieter nicht mit. Er hatte beim Flaschendrehen verloren und musst jemanden küssen. Ich war eben der mit der besten Rasur. Der letzte wirklich echte Kuss liegt schon mehrere Monate zurück. Ich hatte mich mit Sigrun zu einem kleinen Picknick beim Dinogehege getroffen. Dort war sie gezwungen Kleidung zu tragen (sonst verwechselten sie die T-Rex immer mit Beute) und ich war dadurch nicht so abgelenkt. Wir unterhielten uns lange über Heinz Rühmann-Filme und sie versuchte, mir eine Szene zu beschreiben. Natürlich eine mit Kuss. Ich stellte mich etwas dumm und sie versuchte, die Szene nachzuspielen. Man mag den Trick billig nennen, aber er hat funktioniert.

Neuschwabenland 6.8.5013

Ich brauche neue Regale in meiner Wohnung. Irgendwann werde ich den Baumarkt einfach anzünden, nur um zu schauen, ob ich dann das Personal zu Gesicht bekomme.

Neuschwabenland 7.8.5013

Der Mensch braucht Rituale. Feste Ereignisse, an denen sich der Jahreskreis orientiert und die dem Menschen Halt und Struktur geben. Wie zum Beispiel die monatliche Durchsuchung der Wohnungen durch die SA. Nach unserem Exodus aus der Heimat war diese Truppe eigentlich überflüssig, da es in unserem kleinen Paradies keine Andersdenkenden mehr gibt. Ein Traum für manchen Politiker, aber es bringt auch Probleme mit sich. Zum Beispiel, dass unsere Schutztruppen plötzlich arbeitslos waren und gelangweilt auf der Straße rumlungerten. Durch die "demographische Entwicklung" (Ich bewundere den Politiker, der dieses Wort in den Sprachgebrauch eingeführt hat. So elegant kann "Endlösung" klingen.) würde sich dieses Problem zwar mit der Zeit von selber lösen und die Schutztruppe einfach wegsterben. Aber bis dahin musste etwas geschehen. Daher haben wir vor einigen Jahren die monatliche Hausdurchsuchung in Neuschwabenland eingeführt, damit die Männer wieder etwas zu tun haben. Sie sollen nach wehrzersetzenden Schriften, entarteter Kunst und verräterischen Machenschaften Ausschau halten. Natürlich finden sie nichts, aber mit den Durchsuchungen gelangen die angesammelten Pornos der Kameraden wieder in Umlauf, da diese auch konfisziert werden und wieder in die Bibliothek kommen. Mit Rücksicht auf das Alter der Schutztruppe können allerdings nur noch Durchsuchungen im Erdgeschoss oder in behindertengerechten Gebäuden durchgeführt werden.

Neuschwabenland 8.8.5013

Ich bezweifle immer mehr, dass diese Evolution eine gute Idee war. Ich spüre das Verlangen, einige Kameraden mit Dung zu bewerfen. Ich habe sogar kurzfristig überlegt, Bonobo zu werden, dann habe ich mir meine Kameraden auf dem Flur angeschaut und mir gedacht: Nein! Doch lieber diskutieren!

Neuschwabenland 9.8.5013

Die wichtigen Fragen auf der Basis lassen sich auf die folgenden zwei einschränken: "Hatte das schon jemand vorher im Mund?" und "Kann man das rauchen?"

Neuschwabenland 10.8.5013

Die Forschung an Neuschwabex musste durch einen Unfall vorerst eingestellt werden. Der Staubsauger hat anscheinend das Safe Word nicht klar verstanden.

Neuschwabenland 11.8.5013

Ich habe Angst, bei der Zombieapokalypse nicht meine volle Leistung zeigen zu können. Ich werde mich immer wieder hinsetzen müssen, da diese Art, als Zombie zu laufen, fürchterlich auf die Knie geht.

Neuschwabenland 12.8.5013

Wie erwartet haben die Hausdurchsuchungen auch diesen Monat keine Widerstandskämpfer aufgedeckt. Allerdings gab es einen unerfreulichen Zwischenfall. Kamerad Gernot von Hassbach ist bei der Ausübung seiner Pflicht verstorben. Der Kamerad war bereits weit über 100, aber es ist dennoch ein Verlust. Bei seiner Arbeit ist er auf ein unbekanntes Gerät gestoßen, hat es eingeschaltet und ist dabei einem Herzschlag erlegen. Das Gerät liegt nun bei mir auf dem Schreibtisch und es ist meine Aufgabe, den Unfallbericht zu schreiben. Es handelt sich bei dem Gerät um eine Art Helm (?) an dem Elektroden angebracht sind. Ich werde es Morgen zu Paula ins Labor bringen lassen.

Neuschwabenland 13.8.5013

Der Bericht von Paula lag heute auf meinem Schreibtisch. Es handelt sich bei dem unbekannten Gerät um einen "Vril-Projektor", der stark energetische Bilder direkt in das Hirn leitet. Sie hätte so ein Gerät noch nie gesehen, war aber in ihrem Bericht sehr begeistert von der

"Handwerkskunst". Bei den projizierten Bildern würde es sich um erotische Abenteuer handeln, die sehr intensiv auf den Körper einwirken würden. Weiterhin sei das Gerät mit einem Schalter für zwei Einstellungen ausgestattet. Paula vermutet, dass es sich dabei entweder um Schalter für unterschiedliche Programme handelt oder um die Einstellung der Intensität. Sie habe bisher nur die erste Einstellung untersucht und würde sich für den Rest des Tages krank melden, da sie "wund" sei.

Neuschwabenland 14.8.5013

Ich habe mir den Bericht der Hausdurchsuchungen kommen lassen. Das Gerät wurde bei Kamerad Heinrich Wiegand gefunden. Laut seiner Dienstakte für den technischen Dienst völlig untauglich. Er hat selbst bei dem einfachen Test, unterschiedliche, geometrische Formen in die passenden Löcher einer Holzkiste zu stecken, völlig versagt. Laut den Unterlagen soll er "Dreiecke raus! Deutschland rein!" während der Aufgabe gebrüllt haben und war völlig überfordert. Wie vermutet handelt es sich bei ihm nicht um einen gebürtigen Neuschwabenländer, sondern er stammt aus dem Rekrutierungsprogramm in der alten Heimat. Vorher hatte er einen Vorstandsposten in der NPD und war Kontaktmann des Verfassungsschutzes. Ich habe schon immer gesagt, dass diese Leute zu nichts zu gebrauchen sind. Es ist also ausgeschlossen, dass Kamerad Heinrich dieses Gerät selber gebaut, geschweige denn entwickelt hat. Es ist Zeit für einen Besuch bei dem Herrn.

Bevor ich seine Akte wieder schloss, fiel mir dann noch ein interessantes Detail auf: Er war in der gleichen Einheit wie mein Mordopfer Kurt, den Triceratops-Pionieren. Ob es eine Verbindung zwischen den beiden gibt? Oder ist das nur Zufall?

Neuschwabenland 15.8.5013

Auch wenn man es nicht glauben mag, selbst in Neuschwabenland haben wir Probleme mit Migranten. Wie so oft sind eigentlich nicht die Migranten das Problem, sondern der Umgang der Umgebung mit ihnen. Eine Dönerbude oder eine gute Pizzeria würde sich hier jeder wünschen und die Gastarbeiter mit Freude unterstützen, aber die kommen natürlich nicht her. In unserem Fall sind es - Eisbären.

Der Alte will Eisbären in Neuschwabenland haben, weil es mächtige, nordische Tiere sind. Die Arier im Tierreich... bla bla bla. Die ganze Nummer. Nur hat sich der Führer noch nie an der Realität gestört, dass es hier am Südpol einfach keine Eisbären gibt. Wir mussten sie extra anwerben, haben ihnen die Eisschollen vom Himmel versprochen, damit sie sich auf den langen Weg hierher machen. Bis dahin verlief alles nach Plan, nur die Einheimischen sind die mit den Vorurteilen. Schon beim Eintreffen des ersten Eisbären wurde er von den Pinguinen misstrauisch beäugt. Auf Grund von kulturellen Unterschieden kam es leider direkt zu einem kleinem "Zwischenfall" (die Pinguine reden von einem Massaker), dessen Nachwirkungen bis heute zu spüren sind. Das blanke Misstrauen herrscht seit diesem Tag. Die Eisbären dürfen nirgendwo rein und werden von den Pinguinen schon an der Tür abgewiesen. Daher habe ich heute damit begonnen, ein Festival der Kulturen zu planen und alle zu einem gemeinsamen Fest einzuladen. Die Eisbären waren direkt begeistert und freuen sich auf das "Buffet"?!, von den Pinguinen habe ich bisher noch keine Antwort bekommen.

Neuschwabenland 16.8.5013

Der Alte hat uns heute aufgefordert, dass wir unsere Expertise offen und mit Stolz zeigen sollen. Ich komme mir damit etwas komisch vor, aber wenn er es will, trage ich das Seepferdchen-Abzeichen auch offen.

Neuschwabenland 17.8.5013

Habe auf Anhieb und ohne hinzuschauen den Strohhalm in die Capri-Sonne gesteckt. Die sexuelle Metapher dieser Geschicklichkeit hat einige Kameraden erröten lassen.

Neuschwabenland 18.8.5013

Wieder kein Bat-Signal am Himmel. Ich sehe keinen Sinn mehr in diesem frühen Aufstehen.

Neuschwabenland 19.8.5013

Die neue Order des Alten besagt, wir sollen herausfinden, welche Schafe Stahlwolle geben und diese militärisch gegen den Feind einsetzen. Ein brillanter Plan!

Neuschwabenland 20.8.5013

Habe heute die soziale Interaktion auf der Basis belebt, in dem ich einen positiven Schwangerschaftstest auf der Damentoilette hinterlegt habe. Mögen die Gerüchte beginnen.

Neuschwabenland 21.8.5013

Ich habe zwei Kriegsgefangene in meinem Aktenschrank gefunden. Ich muss dringend herausfinden, wie der dritte über das Wochenende entkommen konnte.

Neuschwabenland 22.8.5013

Meine Mission beim heutigen Kameradschaftsabend: Die internationalen Märkte für Hopfen und Korn spürbar zu beeinflussen.

Neuschwabenland 23.8.5013

Das Gute daran, Nazi zu sein: Ich musste seit meinem 8. Geburtstag nicht mehr selber Alkohol kaufen.

Neuschwabenland 24.8.5013

Heute werde ich die uralte Frage der Menschheit endlich lösen! Kann der Hausmeister Stepptanzen?

Die Murmeln vor seinem Büro sind ausgelegt!

Neuschwabenland 25.8.5013

Renovierung des Bürotraktes. Überall wird gehämmert und neue Farbe angebracht. Wann lässt ein Lösungsmittelrausch eigentlich nach? Nicht, dass er unerfreulich wäre, aber ich möchte mein Büro nicht dauerhaft mit einem rosa Godzilla teilen.

Neuschwabenland 26.8.5013

Die Chinesen werden langsam zu einer ernstzunehmenden Macht am Tisch der

Weltpolitik. Ihre Strategie ist perfide. Sie kopieren alles, was gut im Westen ist, und überfluten den Markt. Aber warum fällt es niemandem auf, dass diese "Pandas" nur billige Kopien von Zebras sind?

Neuschwabenland 27.8.5013

Das ewige Problem: Genügend Zeit alle Evolutionsbremsen umzubringen, aber nicht genügend Platz sie zu entsorgen. Neuschwabenland braucht Raum!

Neuschwabenland 28.8.5013

Die Motivationsrede des Kommandanten hat mir heute gut gefallen. Sie war mitreißend und hat wichtige Probleme angesprochen. Nur dass er mit "Packen Sie den Stier bei den Hörnern!" nicht den Kameraden aus der Versorgung meinte, konnte ich nicht wissen.

Neuschwabenland 29.8.5013

Was es auch immer war, dass mir als Sechsjähriger mit einem Teddy im Arm Sicherheit und Vertrauen gegeben hat: Ich will es zurück!

Neuschwabenland 30.8.5013

Manchen Kameraden geht das Geräusch durch Mark und Bein und ihre Qualen sind in ihrem Gesicht ablesbar. Aber ich störe mich nicht an dem kleinen, gellenden Schrei, wenn ich ein Oreo abdrehe, um das Weiße auszulecken.

SCHEIDING 5013

neuer atlantischer Zeitrechnung

Monatsbefehl: Strohsterne für Jul anfertigen.

Neuschwabenland 1.9.5013

Mein Verbesserungsvorschlag, an einem Tag in der Woche im Bett zu bleiben und die Gänge zum Kühlschrank mit sexuellen Gefälligkeiten zu bezahlen, wurde vom Kommandanten abgelehnt. Er will es aber bei der späteren Weltherrschaft berücksichtigen. Ich habe Hoffnung.

Neuschwabenland 2.9.5013

Laut "Schamhaar-Löckchen" aus der Personalabteilung ist es mir jetzt verboten, die Kameraden mit Spitznamen zu belegen.

Neuschwabenland 3.9.5013

Äonen erforschte die Menschheit Nekromantie und Thaumaturgie, um die Welt zu beherrschen. Ich wäre mit einem simplen "Mach Kaffee!" zufrieden.

Neuschwabenland 4.9.5013

Im Grunde bin ich nichts weiter, als eine Ansammlung schlechter Gewohnheiten, die von gutem Geschmack und Manieren zusammengehalten wird.

Neuschwabenland 5.9.5013

Ich trage heute eine schwarze und eine blaue Socke, um mich daran zu erinnern, dass vieles, was man beigebracht bekommt, völlig bedeutungslos ist.

Neuschwabenland 6.9.5013

Es ist schwierig, einen suizidalen Abschiedsbrief zu schreiben. Besonders, wenn man die krakelige Handschrift des Kameraden imitieren muss.

Neuschwabenland 7.9.5013

So sehr ich den Führer auch verehre, seine Vorstellungen vom Leben auf der Basis 211 sind völlig außerhalb jeder Realität. Jede Woche die gleiche Sache mit der Erweiterung des Heimatlandes Richtung Norden. "Das deutsche Volk braucht Raum!" Wir sind am Südpool! Alles ist Norden von hier aus.

Glücklicherweise ist der Alte so sehr in seinen Planspielen gefangen, dass er nie die Ausführung seiner Befehle überprüft. Damit sind wir bei meiner Aufgabe: Die Station am Laufen halten und dafür sorgen, dass alles richtig abläuft. Das mache ich seit 10 Jahren und habe diese Tätigkeit von meinem Vorgänger gelernt. So wie dieser es von seinem Vorgänger gelernt hat. Über das Rohrpostsystem kommt pünktlich jeden Morgen die neue Depesche mit den Befehlen und ebenso pünktlich nehme ich sie entgegen, lese sie und ändere sie wieder.

Es gibt im kommenden Monat eine Menge zu tun. Die Filme im Casino wurden mittlerweile zum 3. Mal gezeigt und es herrscht Unruhe unter den Kameraden. Einige Filme kann man immer wieder aufführen, andere wiederum... Da war schon das erste Mal zu viel. Aber heute sollte die neue Lieferung aus Japan kommen. Obwohl seit dem Krieg viel Zeit vergangen ist, ist Japan immer noch ein sicherer Verbündeter und beliefert die Basis mit den neuesten Filmen aus eigener Produktion und Hollywood. Das ist wichtig für die Moral auf der Basis. Denn zum einen haben die Kameraden so abends etwas zu tun, zum anderen zeigen die Filme die Überlegenheit der arischen Rasse. Seit

Jahrzehnten kommt aus dem imperialistischen USA nur Schund. Unterhaltsamer Schund zwar, aber immer noch Schund. Daher werde ich ab dieser Woche einige Filme aus der Frühzeit der Menschheit zeigen. Bildung ist wichtig und es geht nichts über eine Film, der neben Unterhaltung auch noch Bildung vermitteln kann. Morgen zeigen wir deswegen "Als die Frauen noch Schwänze hatten" mit Senta Berger. Die Teile 2-4 werden wir dann an den folgenden Tagen vorführen.

Neuschwabenland 8.9.5013

Minus 11 Grad. Ideale Temperaturen für Frühsport. Wenn nicht diese lüsternen Blicke der Pinguine auf meinem Alabasterkörper wären.

Neuschwabenland 10.9.5013

Was für ein wundervoller Moment, wenn das Leben an einem vorbeizieht, nachdem man auf der Treppe gestolpert ist: Bücher, Jägermeister, Brüste...

Neuschwabenland 11.9.5013

Minus 27 Grad konnte eine Horde marodierender Pinguine davon abhalten, mich von der Sitzheizung zu drängen.

Neuschwabenland 12.9.5013

Motivationsstatus: Bis zum Ellenbogen in der Gummibärentüte.

Neuschwabenland 13.9.5013

Für den Nachmittag hatte ich Kamerad Heinrich Wiegand in mein Büro gestellt und er erschien pünktlich. Seine Uniform war verschmutzt und nicht im besten Zustand. Ich bat ihn dennoch, Platz zu nehmen und widmete mich erst einmal wieder meinen Akten. Er sollte etwas schmoren und nervös werden. Jeder hat Angst vor einem deutschen Bürokraten und das wollte ich ausnutzen. Aus dem Augenwinkel bemerkte ich, wie er unruhig auf dem Stuhl hin und her rutschte. Kleine Schweißperlen bildeten sich auf seiner Stirn. Er war reif für die Befragung, ich drehte ihm meine Schreibtischlampe ins Gesicht. Diesen Teil meiner Arbeit liebe ich ganz besonders. Ich musste nicht einmal Gewalt anwenden, sondern habe ihn mit meinen ersten Fragen an die Wand genagelt. Er gab wimmernd alles zu und hätte mir wahrscheinlich auch noch von seiner traumatischen Kindheit erzählt, wenn ich ihn nicht unterbrochen hätte. Wie ich vermutet habe, ist das Gerät von dem verstorbenen Kurt Bartel gebaut worden. Nachdem Kurt mit seiner Erfindung einmal zu viel angegeben hat, musste er den Projektor seinen Kameraden vorführen, worauf er sich großer Beliebtheit in der Truppe erfreut hat. Intensive, realistische, erotische Projektionen: Das Paradies für jeden Soldaten im Feld. Laut Kamerad Heinrich gab es lange Wartelisten für das Gerät und Kurt verdiente gut an dem Geschäft. Nach seinem plötzlichen Ableben schlich sich Heinrich in die Werkstatt, um das Gerät zu stehlen. Damit er keine Spuren hinterließ, habe er die Werkstatt gründlich aufgeräumt. Er übergab mir die Warteliste zur Ausleihe des Gerätes und beteuerte mehrfach, von nichts gewusst zu haben. Um eine zweite Aussage zu bekommen, befragte ich ihn noch nach den Einstellungsmöglichkeiten des Projektors. Heinrich bestätigte indirekt die Vermutung von Paula. Mit dem Schalter wählt man sowohl die Intensität des Traums, als auch das Thema. Stufe 1 sei - ich zitiere - "Eine geile Orgie, die dich wegbläst" und Stufe 2 sei - wieder Zitat - "Das Paradies, denn hier spürt man auch noch das Vril direkt. Und wer will nicht eine heiße Nummer mit Traute schieben?"

Langsam fallen die Puzzleteile an ihren Platz und die Verbindungen schließen sich. Meine These: Renate war eifersüchtig auf das Gerät und die Machenschaften von Kurt. Daher hatte sie ihren Verlobten aus der Welt geschafft. Es passt alles. Sie hat ein Motiv, es würde ihre Reaktionen erklären und ihren Satz "Geschieht ihm recht". Ich weiß nur immer noch nicht, wie sie es gemacht hat und was Traute mit der Sache zu tun hat. Warum ist ausgerechnet sie in den Projektionen zu erleben? Hat sie auch eine Verbindung zu Kurt? Bei meiner Befragung hat sie das Foto von Kurt merkwürdig lang angeschaut. Obwohl ich fest an meine Theorie glaube, will ich nichts überstürzen. Hier auf der Basis kann mir niemand entkommen, daher gibt es auch keinen Grund, auf Sorgfalt zu verzichten. Ich muss wissen, wie Traute in diese Geschichte passt und werde sie noch einmal einzeln befragen.

Neuschwabenland 14.9.5013

Sollte ich jemals vor die Wahl "Sex oder Pizza?" gestellt werden, würde ich wahrscheinlich in einer kleinen Wolke implodieren.

Neuschwabenland 15.9.5013

Der Aufwand, den die Menschheit in die Entwicklung fortschrittlicher Joghurtkulturen gesteckt hat, erschreckt mich etwas.

Neuschwabenland 16.9.5013

Heute wie Cleopatra in Milch gebadet. Erinnerung für morgen: Den Cappuccino-Schlauch besser befestigen.

Neuschwabenland 17.9.5013

Immer noch keine Wildgans, die mich entführt.

Neuschwabenland 18.5013

Ich nehme meine Pervitintabletten mit Johanniskrauttee. Es ist wichtig, immer in Balance zu sein und in seiner eigenen Mitte zu ruhen.

Neuschwabenland 19.9.5013

Ruhe in Frieden, du kleine geflügelte Kreatur, die gerade in meinen Kaffee gestürzt ist. Du hast eine beneidenswerte Todesart gewählt.

Neuschwabenland 20.9.5013

Heute habe ich all meinen Mut zusammengenommen und meine Ermittlungen weitergeführt. Mein nächster Gesprächspartner war Oberst Wolf von der Reichflugscheibeneinheit. Er hat auch ein Auge auf Sigrun geworfen und im Gegensatz zu mir auch Erfolg damit. Ich habe Hemmungen mit meinem Rivalen zu sprechen, aber für die Ermittlungen darf ich darauf keine Rücksicht nehmen. Wolf ist ein gut aussehender Kerl, das muss man ihm wirklich lassen. Groß, blond, blauäugig, muskulös. Aus dem Bilderbuch des Lebensbornkatalogs.

Die Hauptaufgabe der Reichsflugscheibeneinheit ist die Aufklärung aus der Luft und gelegentliche Missionen in dem imperialistischen Feindesland außerhalb der Basis. Dort sollen sie hoffnungsvolle Neubewohner für Neuschwabenland rekrutieren und zur Basis bringen. Leider meist ohne großen Erfolg. Nach der üblichen medizinischen Untersuchung (die auch eine Untersuchung auf Leistenbruch enthält, daher die ganzen Gerüchte mit den Analproben bei Ufo-Entführungen), und einem psychologischen Test, müssen wir die meisten wieder zurück in ihre Heimat schicken.

Entweder ist er extrem professionell oder er weiß gar nichts von meinen Gefühlen gegenüber Sigrun. Er ist mit keinem Wort auf unsere Konkurrenz eingegangen, sondern hat meine Fragen nur kurz und sachlich beantwortet. Er hat Bartel nur kurz bei der Vorstellung gesehen und nicht mit ihm gesprochen. Seine Tests waren unauffällig gewesen, aber er hatte Potential gehabt, wenn er ein paar Kilo Gewicht verloren hätte. Wieder eine Spur, die ins Leere führte.

Das Büro von Wolf war deutlich angenehmer ausgestattet als mein eigenes.

Geräumiger und mit viel Geschmack eingerichtet. Es gab sogar eine eigene Raucherecke. Dort ist mir allerdings aufgefallen, dass ein Bild an der Wand fehlte. Das Nikotin hatte die Wände leicht gelblich gefärbt und so zeigte sich deutlich eine weiße Lücke an der Wand. Was dort wohl vorher gehangen hat? Seine alte Liebhaberin? Eine Geste für Sigrun, sie abzuhängen?

Neuschwabenland 21.9.5013

In dunkle Zimmerecken werfe ich gerne ein Wattestäbchen, damit die Spinnen sich denken "Ausgezeichnet! Ein Kraftraum!" und nicht über mich krabbeln.

Neuschwabenland 22.9.5013

Trotz mehrfacher Versuche konnte ich noch keinen Termin mit Traute ausmachen. Ihre wichtige Stellung auf der Basis verbietet es mir auch sie einfach vorzuladen, insbesondere wo ich nicht die geringsten Beweise für ihre Beteiligung an dem "Unfall" habe.

Neuschwabenland 23.9.5013

Wenn ich vor einem unlösbar großen Problem stehe, teile ich es in viele kleine Probleme auf, über die ich dann die Übersicht verliere.

Neuschwabenland 24.9.5013

"Dich esse ich als Ersten, damit du nicht sehen musst, wie deine Familie langsam stirbt." Was ich zum größten Gummibären in der Tüte sage.

Neuschwabenland 25.9.5013

Der Mordfall lässt mich nicht los. Ständig überlege ich mir, wie ich einen Mord begehen würde. Aus reiner Boshaftigkeit würde ich die Leiche immer auf Hochglanzkacheln ablegen, nur um den Kameraden mit der Kreide zu ärgern.

Neuschwabenland 26.9.5013

Schon beeindruckend, dass die Bibel so spezifisch den Sonntagsverkauf von Blumen, Backwaren sowie landwirtschaftliche Produkte regelt.

Neuschwabenland 27.9.5013

In jedem Dönerladen sollte ein Rating sichtbar sein, wie schwer es ist, den ausgewählten Dönertyp in der Öffentlichkeit zu essen.

Neuschwabenland 28.9.5013

Ich besitze die Art von Intelligenz, die einen skurril in den Augen der Gesellschaft aussehen lässt, aber leider nicht erfolgreich macht.

Neuschwabenland 30.9.5013

Pandas leben in China. Die meisten Fußbälle werden in China hergestellt. Pandas sterben aus. - Sehe nur ich da ein Muster?

GILBHART 5013
nach atlantischer Zeitrechnung

Monatsbefehl: Unsere V-Leute im Verfassungsschutz ausbezahlen.

Neuschwabenland 1.10.513

Am Montag habe ich dem Kameraden gesagt, er solle mal all seine guten Ideen in einer Besprechung unterbreiten. Gerade in den Raum geschaut: Redet noch.

Neuschwabenland 2.10.5013

Wenn ich Snooze drücke, stelle ich mir vor, wie ein Zwerg aus dem Wecker steigt, das Tageslicht noch etwas dämpft und "Pssst" zur Welt sagt.

Neuschwabenland 3.10.5013

Wenn man in Neuschwabenland eines lernt, dann mit den einfachsten Mittel zu improvisieren. Nachmittags war ich zu Besuch im Lebensborn, um mir ein Bild von der Situation unserer werdenden Mütter zu machen. Natürlich ist auch auf der Basis die Zeit nicht stehen geblieben und wir versuchen, eine möglichst angenehme Geburt zu ermöglichen. Die Zeiten der sterilen Kreissäle sind vorbei und wir versuchen, den Frauen ebenso viel Komfort zu bieten, wie in der alten Heimat. Natürlich müssen wir einige

Zugeständnisse machen. Meditationsmusik ist wahnsinnig schwer zu bekommen, dafür stellt die Reichsmusik-Kapelle aber einige sehr gut ausgebildete Kammbläser zur Verfügung, die während der Geburt für ruhige Untermalung sorgen. Der Unterschied ist nur für das geschulte Ohr zu hören.

Wir konnten auch große Erfolge damit erzielen, bei der Unterwassergeburt die Delfine gegen Robben auszutauschen. Die Verwechslungsquote bei den jungen Väter ist beeindruckend gering. Nur jede siebte Robbe wird für das Neugeborene gehalten.

Neuschwabenland 4.10.5013

Ich wurde heute gefragt, wie ich meine Karriere bei den Truppen beschreiben würde. Ich habe mit "Noch in Originalverpackung" geantwortet.

Neuschwabenland 5.10.5013

Dieser Zustand, wo man mit niemandem reden möchte. Jeder nervt. Nur Musik erträglich ist. Gemeinhin als "wach" bezeichnet.

Neuschwabenland 6.10.5013

Die Luft in der Basis ist heute so schwül, dass ein Pritstift als Labello eine akzeptable Alternative ist.

Neuschwabenland 7.10.5013

Ich habe festgestellt, dass man mit dem täglichen Apfel nicht nur Ärzte fernhalten kann. Eigentlich jeden, wenn man feste genug wirft.

Neuschwabenland 8.10.5013

Wir haben Kloreiniger aus echten Zitronen und Limo mit künstlichem Zitronenaroma. Ich bin mir nicht sicher, ob mir dieser Fortschritt gefällt.

Neuschwabenland 9.10.5013

Evolution war wirklich eine dumme Idee. Ohne sie bestände unser Leben aus Essen, Schlafen und Fortpflanzung. Und jetzt?!

Neuschwabenland 10.10.5013

Heute ist es mir endlich gelungen, einen Termin mit Traute zu machen. Wir treffen uns morgen zum Frühstück in ihrer Unterkunft. Ich muss zugeben, dass ich ziemlich nervös bin.

Neuschwabenland 11.10.5013

Überpünktlich stand ich heute bei Traute vor der Tür und wartete darauf, dass es endlich 10 Uhr wurde. Ich musste nur gute 90 Minuten überbrücken, bis ich die Klingel betätigten konnte. Eine junge Studentin der Vril-Künste öffnete mir die Tür und bat mich ins Haus. Im Gegensatz zu den meisten anderen Kameraden residieren die Vril-Damen in noblen Villen am Rande der Basis. Das Leben in einer Blechbarracke würde die feinen Vril-Wellen stören und damit ihre Arbeit unmöglich machen. Marmor hingegen verträgt sich ganz ausgezeichnet mit den Wellen. Eine Argumentation, der sich niemand entziehen kann, insbesondere nicht, wenn man um die hypnotischen Fähigkeiten der Damen weiß. Die Studentin führte mich in einen kleinen Wintergarten, der bis ins kleinste Detail den tropischen

Dschungel kopierte. Selbst ein Wasserfall war vorhanden. Kein Vergleich zu meiner Pritsche und der Fototapete des Watzmanns in meinem Zimmer. Man brachte mir einen Kaffee, den ich halb geleert hatte, als Traute den Raum betrat. Nein. Nicht betrat, sondern erfüllte: Mit ihrer Schönheit, ihrer Präsenz und ihrem Charisma. Sie lächelte mich kurz an und bat um Entschuldigung. Sie müsse noch schnell duschen und wäre dann sofort bei mir. Ohne auf eine Antworten zu warten, ließ sie ihren Morgenmantel auf meine Füße fallen und stieg geschmeidig unter den Wasserfall. Es schien sie nicht weiter zu stören, dass ich mich auch im Raum befand und alles sehen konnte. Ich notierte mir in der Zwischenzeit, dass ich mir den Projektor von Paula holen musste, um die Stufe 2 näher zu untersuchen. Rein aus wissenschaftlichen Zwecken natürlich.

Ihre Studentin schien sich mit den morgendlichen Gewohnheiten ihrer Vorgesetzten und Besuchern zu dieser Zeit gut auszukennen, da sie mir direkt zwei große Cognac brachte, die meinen Blutdruck wieder etwas regelten.

Traute zog nach ihrer morgendlichen Dusche ihren Bademantel wieder an, was meiner Konzentration sehr half. Da ich wegen ihrer telepathischen Fähigkeiten wahrscheinlich keine Geheimnisse vor ihr haben konnte, bezog ich sie in alle Ergebnisse meiner bisherigen Untersuchung mit ein. Ein gewagtes Manöver, aber wer eine Schlacht gewinnen will, muss Mut zeigen. Sie hörte sich meine Ausführungen sehr aufmerksam an und stellte an einigen Stellen sehr gezielte Nachfragen. Mein letzter Satz "Meine Frage ist nun: Was haben Sie mit dem Vril-Projektor zu tun?" verklang am Ende meiner Rede im Raum. Ich war auf jede Art von Antwort vorbereitet. Anschuldigungen, Ausflüchte, ich hielt es sogar nicht für ausgeschlossen, dass sie eine Strahlenpistole ziehen könnte und mich in atomare Bestandteile zerblasen würde. Was ich überhaupt nicht erwartet hatte, war ein Geständnis. "Ich hielt es für eine gute Idee. Und tue dies auch heute noch", sagte sie schlicht, als wäre damit die Unterhaltung beendet.

"Eine gute Idee, eine Waffe zu bauen, die nicht den Feind, sondern unsere Kameraden tötet?", fragte ich erstaunt nach.

Sie lachte ihr bezauberndes Lachen und ich kam mir wie ein kleines Kind vor, das beim Kekse klauen erwischt wurde.

"Herr von Humpitz, Sie sind bezaubernd erfrischend mit Ihrer direkten Art. Die meisten Menschen, mit denen ich zu tun habe, bekommen kaum ein Wort heraus. Ich schätze das an Ihnen."

Sie nahm einen Schluck Tee und blickte mich wieder an.

"Ich halte es für eine gute Idee alles dazu beizutragen, dass die Moral auf der Basis erhalten bleibt. Unsere Station ist am Ende der Welt, wir kämpfen gegen die gesamte Menschheit, um unseren Traum eines neuen Reiches zu verwirklichen. Wenn so ein Gerät die Kameraden für eine gewisse Zeit ablenkt und ihre Kampfkraft stärkt, warum sollte ich mich dem verschließen? Mein Beitrag war auch nur ein geringer. Ich gab Kurt die Idee, mit der ich mich schon länger beschäftigte, und dank seiner ausgezeichneten Fähigkeiten als Bastler, konnte er sie in kurzer Zeit umsetzen. Für die erste Stufe machten wir nicht mehr, als eine beliebte erotische Fantasie der Basis in interaktive Projektionen umzusetzen."

"Beliebte erotische Fantasie?", fragte ich nach.

"Eis am Stil. Sie kennen die Filmreihe?"

Ich nickte langsam und machte mir eine gedankliche Notiz, dringend den Lehrplan für die Sexualerziehung auf der Basis zu überarbeiten und ein ernstes Wort mit Paula über ihre Vorlieben zu reden.

"Es wäre auch nicht meine erste Wahl. Auch nicht meine Letzte."

"Und für Stufe 2?", hakte ich nach.

"Stufe 2 oder Vriltasie, wie wir es nennen, ist die wahre Stufe. Reine sexuelle Energie, angefeuert von Bildern, Berührungen und Vril-Energie. Die okkulte Ekstase, wenn Sie so wollen." Sie kicherte dabei wie ein junges Mädchen.

"Ist das nicht gefährlich? Immerhin fliegen unsere Flugscheiben mit Vril", wollte ich wissen.

"Nein, da es eine natürliche Energie ist. Sie durchfließt nur den Körper und kehrt in den ewigen Kreislauf zurück. In den Flugscheiben, lassen Sie es mich so erklären, halten wir die Vril-Energie auf, stören ihren Fluss und bringen sie so zur Explosion, die den Antrieb letztendlich ermöglicht."

"Waren Sie auch in dieser Phase an der Entwicklung des Geräts beteiligt?"

"Nicht nur beteiligt, ich spielte die Hauptrolle. Ich und Gerte, meine Assistentin."

Meine Gesichtszüge mussten für einen Moment entglitten sein, denn Traute lachte direkt wieder.

"Ich sage doch, eine sehr angenehme Vorstellung, nicht wahr? Sie sollten es auch probieren."

"Es käme mir... falsch vor, nachdem wir uns nun kennen", stotterte ich.

"Keine falsche Scheu, mein Lieber. Wir sind alle nur tanzende Funken im Universum und tun das, zu dem wir gemacht wurden."

Ich schluckte trocken und versuchte, das Thema wieder zu wechseln.

"Könnten Sie sich vorstellen, dass jemand für diesen Gerät morden...", ich stoppte mitten im Satz, "Nein, lassen Sie mich neu formulieren. Jeder würde für so ein Gerät morden. Aber es ergibt keinen Sinn. Es gab Wartelisten, einer großen Gruppe auf der Basis war die Existenz des Gerätes bekannt. Wer es mit Gewalt an sich nehmen wollte, hätte nicht lange daran Vergnügen."

Traute sagte kein Wort, also fuhr ich fort.

"Es muss also ein anderes Motiv geben, eines, das nicht direkt mit dem Gerät zu tun hat."

"Sie sind ein kluger Mann, Herr vom Humpitz", nickte Traute.

"Eifersucht vielleicht? Hatte Renate, die Verlobte von Kamerad Kurt, Grund auf die geschäftliche Beziehung zwischen Ihnen eifersüchtig zu sein? Hat sie es vielleicht herausgefunden und ihn damit konfrontiert?"

Wieder ihr glockenklares Lachen, gefolgt von einem unterdrückten Kichern.

"Sie sind zwar klug, aber es fehlt Ihnen der Blick für die Details. Die Dinge, die im Verborgenen liegen. Die Zeiten, die noch nicht entdeckt sind", antwortete sie, immer noch lachend.

"Was ist daran so amüsant? Wir reden hier von Mord", erwiderte ich möglichst kalt.

"Renate ist Telefonistin. Sie wissen so gut wie ich, dass nichts, aber wirklich gar nichts, vor ihnen geheim ist. Natürlich wusste sie davon! So wie ich von allem weiß, aber nichts ohne die richtige Frage sagen kann."

Traute schien sehr amüsiert von meiner Naivität zu sein.

"Ich muss mich jetzt für meinen nächsten Auftritt vorbereiten und muss Sie leider aus dem Haus bitten, Herr von Humpitz. Sie sind auf dem richtigen Weg, aber denken Sie an meine Worte."

Was meint sie damit?

Neuschwabenland 12.10.5013

Kameradin Wagner wurde heute als Hexe hingerichtet. Die Beweislage war erdrückend. Sie hat ihr Kopfhörerkabel mit einer Hand entwirren können.

Neuschwabenland 13.10.5013

Um beim Paintball Munition zu sparen, greife ich bei kurzen Distanzen auch gerne zum Messer.

Nicht vergessen: Morgen einen Aushang für einen neuen Mitspieler im Team machen.

Neuschwabenland 14.10.5013

Jeden Tag lerne ich etwas Neues, was ich gar nicht wissen wollte.

Neuschwabenland 15.10.5013

Das Gespräch mit Traute brachte mir keine Ruhe. Ich bin keinen Schritt weiter, eher im Gegenteil. Es gibt keine Verschwörung, keine eifersüchtigen Liebhaberinnen und okkulte Kräfte, die Herzen zerplatzen lassen, habe ich auch nicht gefunden. Bin ich einer völlig falschen Spur hinterhergelaufen? Traute sprach von Details. Was habe ich übersehen? Welche Kleinigkeit habe ich noch nicht beachtet? Ich werde mir alle Beteiligten noch mal einzeln zum Gespräch einladen. Vielleicht finde ich in der zweiten Runde mehr heraus.

Neuschwabenland 16.10.5013

Ich bin mir nicht sicher, was ich heute Morgen im Nachbarbüro gehört habe. Entweder wilden Bürosex oder ein Feature des Deutschlandfunks über Delfine.

Neuschwabenland 17.10.5013

Auch wenn man uns nachsagt, dass wir rückständig und von gestern seien - ich persönliche begrüße es sehr, in einer Welt zu leben, in der man unangenehme Unterhaltungen mit "Entschuldigung, mein Akku ist gleich leer" einfach beenden kann. Diese Möglichkeit fehlt allerdings noch in der echten Welt.

Neuschwabenland 18.10.5013

06:53. Neuschwabenland, Büro. Ein gellendes "WARUM?!" hallt durch den Flur.

Neuschwabenland 19.10.5013

Der Kaffeeautomat hat spontan auf "Konzentrat, teuflisch" umgestellt. Ich nehme das als Omen für die kommende Woche.

Neuschwabenland 20.10.5013

Zwei Fahnenflüchtige über Nacht. Ich musste dem Alten wieder seine "Voodoo-Puppen" bringen. Er hat immer noch nicht bemerkt, dass es nur Mon Chichis sind.

Neuschwabenland 21.10.5013

Pinguine ausblasen. Eine Freizeitbeschäftigung für lange Abende, die völlig aus der Mode gekommen ist. Dabei hat man so viele kreative Möglichkeiten.

Neuschwabenland 22.10.5013

Ich bin mit einer vollen Tasse Kaffee in der Hand gestolpert, habe aber nichts verschüttet. Bis heute Abend hatte sich die GSG9 allerdings nicht bei mir gemeldet. Ob ich selber dort anrufen muss?

Neuschwabenland 23.10.5013

Heute war der zweite Termin mit der Verlobten des Mordopfers. Renate sah wie immer sehr adrett aus und erschien pünktlich zu meiner Einladung. Ohne mit der Wimper zu zucken, bestätigte sie Trautes Aussage, dass sie von dem Projektor wusste. Kurt hatte es auch nie vor ihr verheimlicht, auch wenn sie nicht davon begeistert war, dass er ihn selber nutzte statt Zeit mit ihr zu verbringen. Insbesondere weil er nach Benutzung des Geräts immer so müde und "leer" gewesen sei, dass an körperliche Liebe, geschweige denn Kinder, nicht zu denken war. Renate sah ihr Mutterverdienstkreuz in ernster Gefahr, wenn Kurt das Gerät auch nach ihrer Heirat noch nutzen würde. Ihre Beziehung beschrieb Renate als "ordentlich", wahrscheinlich hätten sie in einigen Monaten geheiratet. So würde sie sich einen anderen Mann für ihr Mutterverdienstkreuz suchen müssen. Sie hatten sich im Club Lebensborn beim Arierabend "Swingen zum Erhalt der Rasse" kennengelernt. Da sie beide von der Wichtigkeit des Fortbestandes der deutschen Rasse überzeugt waren - was nur durch viele deutsche Kinder erreicht werden könnte - waren sie immer noch regelmäßige Teilnehmer dieses Themenabends. Auch am Abend des Mordes hatten sie geplant zum Lebensborn zu gehen, da ihre Versuche bisher nicht von Erfolg gekrönt waren.

Neuschwabenland 24.10.5013

Kamerad Wandke ist mehr als anstrengend. Ich musste ihn zur Seite nehmen und ihm sagen, dass auch ohne expliziten Dress-Code Maske und Cape keine angemessene Bekleidung für ein Meeting sind. Außerdem würde jeder seine geheime Identität kennen. Er ist sehr traurig abgezogen, daher habe ich ihn auch nicht darauf hingewiesen, dass ein Bademantel kein Superhelden-Cape ist.

Neuschwabenland 25.10.5013

Dass keine Partei der alten Heimat den "Winterschlaf" in den Koalitionsverhandlungen thematisiert hat, sagt doch eigentlich alles, warum unsere Rückkehr so dringend notwendig ist.

Neuschwabenland 26.10.5013

Kamerad Weber bezeichnet sich als "Geschenk der Götter an die Frauen". Ich bin mir sicher, so lange es Schokolade und Dildos gibt, wird dies Wunschdenken bleiben.

Neuschwabenland 27.10.5013

Ich muss dringend einen allgemeinen Lehrgang für die Kameraden im Umgang mit Social Media ansetzen. Mittlerweile ist jeder hier auf Facebook und es gibt wirklich Dinge, die muss ich nicht wissen. Die Buttons bei Youporn sind aber wohl zu einladend gesetzt. Zumindestens weiß ich jetzt, dass dem Führer "Schwarze Hängeeuter III" gut gefallen hat.

Neuschwabenland 28.10.5013

Wegen der Vorliebe des Führers wurde unsere Surfgeschwindigkeit für den Rest des Monats reduziert. Es wird also nur Augsburger Puppenkiste vom Band für die restlichen Heimatabende geben.

Neuschwabenland 29.10.5013

Ich bin recht gut darin Dinge zu tun, die ich nicht tun sollte.

Neuschwabenland 30.10.5013

Sollte ich jemals den Unterschied zwischen Falsch und Richtig erklären sollen, wäre meine Antwort: Falsch ist das mit den besseren Geschichten danach.

Neuschwabenland 31.10.5013

Immer wenn ich Mett esse, denken die Kameraden im Nachbarbüro, ich hätte Sex. Das ist zwar sehr schmeichelhaft, lässt mich aber über ihre sexuellen Vorlieben grübeln.

NEBELUNG 5013
nach atlantischer Zeitrechnung

Monatsbefehl: Schneemänner für die Juldekoration vorproduzieren.

Neuschwabenland 1.11.5013

Das Positive an diesem Tag: Ich habe niemanden mit einem 30 cm Dildo zu Tode geprügelt. Das war es aber auch.

Neuschwabenland 2.11.5013

Mein Antrag auf Nebelmaschine und Strobolicht auf der Herrentoilette wurde auch abgelehnt. So wird das nichts mit der Mitarbeitermotivation.

Neuschwabenland 3.11.5013

Der Gedanke, dass der Verkäufer an der Toshi-Station immer noch darauf wartet, dass Luke Skywalker den Power Converter abholt, lässt mich nachts nicht schlafen.

Neuschwabenland 4.11.5013

Wieder die monatliche Sitzung zum Geheimprojekt Operation Sprungtuch. Mittlerweile bezweifle ich die Herkunft der hochgeheimen Papiere, die uns unser Informant aus den USA mitgebracht hat.

Die Zeichnungen darin sind einfach zu kindlich. Natürlich sind die Amerikaner geistig auf dem Niveau eines Kindes, aber selbst dort sollte anerkannt sein, dass "Sam is stupid!" mit einem Penis als I in "is" nicht Teil einer wissenschaftlichen Arbeit sein sollte. Ich halte meine Kritik aber noch zurück, da wir echte Fortschritte machen. Die Synchronizität konnte in den letzten Wochen erheblich gesteigert werden und selbst der Kamerad Lämmler schafft es endlich, auf das Kommando zu hören. Ich bin sehr zuversichtlich, dass wir bald auch die Propagandaabteilung positiv in das Projekt einbeziehen können. Ich hätte nie gedacht, dass es so schwierig ist, dass alle auf ein Kommando hüpfen. Aber nur so können wir unser Ziel erreichen und die Erde durch synchrones Hüpfen langsam aus der Umlaufbahn zum Mars hin verschieben, um so eine ernsthafte Bedrohung für die Russen zu werden. Es gab aber wieder Diskussion darüber, ob wir das mit dem Personal auf der Basis überhaupt erreichen können. Nordkorea schied wegen der geographischen Lage als Unterstützung leider aus, erreichte aber Spitzenwerte in der Synchronizität. Wir haben heute geprüft, ob wir die Rationen in der Kantine erhöhen sollen, um so einen besse-

Genehmigt von der Abt. Propagana, Neuschwabenland
VERTRAUT der PROPAGANDA
... denn Werbung lügt auch!
Design | Grafik | Illustration | Text | Film
man@media - Milan Retzlaff
Mackenser Str. 36 | 37586 Dassel
info@man-at-media.de
man@media
www.man-at-media.de

ren Effekt zu erreichen. Dies wäre aber nur möglich, wenn sich die Qualität des Essen auch ändern würde, da es sonst zu Unruhen kommen könnte, wenn die Kameraden noch mehr Brei essen müssen. Es ist das tägliche Abwägen von wichtigen Entscheidungen, das meinen Job so interessant macht.

Vielleicht schreiben Amerikaner das I tatsächlich in Form eines Penises? Wer weiß das schon?

Neuschwabenland 5.11.5013

Was wäre, wenn Ewoks einfach obdachlose Bärenmarke-Bären sind? Oder die Ninja-Einheit der Glücksbärchen?

Neuschwabenland 6.11.5013

Der Bote hat mein Büro heute nicht gefunden. Dabei war "Dritte Sklaven-Ruderback, 3. Stock" doch sehr eindeutig.

Neuschwabenland 7.11.5013

Ich habe heute gewettet, was eher passiert: Der Papierstapel neben mir kippt um oder er entwickelt intelligentes Leben. Die Quoten für Option 2 sind erdrückend.

Neuschwabenland 8.11.5013

Ein Schmetterling hatte sich in mein Büro verirrt. Ich konnte ihn fangen und ihm die Freiheit schenken. Ich bin mir sicher, dass er sich beim Wegfliegen noch mal umgedreht hat, mich traurig angeschaut und "Arme Sau" geflüstert hat.

Neuschwabenland 9.11.5013

Das Büro riecht nach einer Mischung aus Monitorreiniger, Deo, Haarspray und Panik. Aber die Wespe ist tot.

Neuschwabenland 10.11.5013

Meine Idee war erfolgreich. Wir sparen eine Menge Geld in unserem Altersheim, seitdem wir jeden Morgen die gleiche Zeitung auslegen.

Neuschwabenland 11.11.5013

Kamerad Herber hat Liebeskummer. Ich habe ihm gesagt, dass Gegensätze sich anziehen und er sicher bald einen intelligenten und gut aussehenden Partner finden wird.

Neuschwabenland 12.11.5013

Ich sollte einen Reiseführer schreiben. Die Eindrücke auf dem Weg vom Büro zum Drucker sind immer wieder überwältigend.

Neuschwabenland 13.11.5013

Wir schreiben das Jahr 5013. Mein Aftershave enthält mehr Vitamine und Nährstoffe, als meine tägliche Ernährungspyramide. Ich bin mir nicht sicher, ob die Forscher die richtigen Ziele haben.

Neuschwabenland 14.11.5013

Ein Tag wie ein Film der deutschen Filmförderung. Voller Probleme, zu viele Entscheider, kein Humor, aber völlig überbezahlt und nur inkompetente Darsteller.

Neuschwabenland 15.11.5013

Immer wenn ich unseren jungen Nachwuchs auf dem Weg zur Schule an der Bushaltestelle sehe, verstehe ich, warum manche Tierarten ihre Nachkommen direkt fressen.

Neuschwabenland 16.11.5013

Einer der Gründe, warum ich die Position als Adjutant bekommen habe, liegt an meiner Fähigkeit, dass ich Menschen auf den ersten Blick ansehen kann, wenn sie unbegründete Vorurteile haben.

Neuschwabenland 17.11.5013

Es ist ein geschickter Schachzug der Natur, dass es länger dauert einen Menschen anzuzünden, als man gemeinhin Zeit hat. Das rettet vielen Kameraden hier täglich das Leben.

Neuschwabenland 18.11.5013

Es gibt Momente, da bin ich glücklich, und dann gibt es wieder Momente, da trinke ich keinen Kaffee.

Neuschwabenland 18.11.5013

Mir ist heute aufgefallen, dass Frauen mit schönen Brüsten immer das Richtige sagen.

Neuschwabenland 19.11.5013

Ich habe mich heute mit "Ich liebe dich auch" am Telefon verabschiedet. Ich wäre dann heute Abend bereit, mein Gewicht in Alkohol zu trinken.

Neuschwabenland 20.11.5013

In meiner Mitarbeiterbeurteilung steht unter dem Punkt "Soziale Kompetenz" die Bewertung "Im Bund mit finsteren Mächten". Ich sehe das als echte Karrierechance.

Neuschwabenland 21.11.5013

Meine Berichte wurden wieder nicht gelesen.

Ich setze immer noch die gleiche Überprüfungsmethode ein, zusammengeklebte Seiten und farbliche Markierungen. Um Kleber zu sparen, schicke ich seit Wochen immer die gleiche Mappe in Umlauf.

Neuschwabenland 22.11.5013

Emotional hoffe ich, dass ein satanisches Ritual im Keller die Ursache für das Lichterflackern im Büro ist.

Die Logik sagt aber: Röhre defekt.

Neuschwabenland 23.11.5013

Eigentlich brauchte dieser Tag nur ein Nickerchen, zwei Orgasmen, vier Korn und 8 Meerkatzen, um akzeptabel zu werden. Er hat aber auf ganzer Linie versagt.

Neuschwabenland 24.11.5013

Haben dem Bischoff Trebatz von Eltz politisches Asyl angeboten. Für Prachtbauten hatten wir schon immer Verständnis.

Neuschwabenland 25.11.5013

Die Kameraden sollten sich nicht schämen. Sie sind nicht die Ersten und werden auch nicht die Letzten sein, die von meiner Darbietung mit dem unsichtbaren Hula-Hoop-Reifen völlig in Ekstase geraten.

Neuschwabenland 26.11.5013

Montag, ein Tag wie eine morgendliche Erektion. In den meisten Fällen ohne befriedigendes Ende.

Neuschwabenland 27.11.5013

Nach einer Brainstorming-Session zur Ausweitung des deutschen Reichs sind die Zahlen erschütternd. 32 Synapsen sind gefallen, 78 werden noch vermisst.

Neuschwabenland 28.11.5013

Ich bin mir nicht sicher, ob ich bei der Zombieapokalypse an der Gangart zwischen der neuen Sekretärin in High-Heels und einem Untoten unterscheiden werden kann.

Neuschwabenland 29.11.5013

Mein Ziel für dieses Jahr: Einmal meine Lieblingsposition beim Sex auszuleben. Also jede, bei der ich mitmachen darf, und nicht wieder nur auf die Taschen aufpassen muss.

Julmond

JULMOND 5013

nach atlantischer Zeitrechnung

Monatsbefehl: Plätzchen backen für den Führer!

Neuschwabenland 1.12.5013

Eigentlich wollte ich heute extrem produktiv sein. Als Geschäftsführer - wie ich mich selber nenne - steht mir die beste Ausstattung zu und daher sollte ich auch den besten PC auf der Basis besitzen. Leider wurde dies in der Budgetplanung der letzten Jahren nie berücksichtigt.

Nachdem ich lange geschimpft habe, wurde mir endlich ein modernes Modell zugestanden und mein altes Modell, Marke Robotron, wechselte den Besitzer. Ich bekam eine moderne Maschine aus dem Hause Aldi, die einer unserer treuen Kameraden in der alten Heimat zu uns geschickt hat. Baujahr 2012, 8 Gigabyte RAM, große Festplatte. Ein echter Porsche unter den modernen Rechnern. Es ist wirklich ein Wunder, wie schnell man damit Word öffnen kann. Kurz vor Feierabend war er schon fertig und ich freue mich, morgen damit arbeiten zu können. Wer hätte vor 10 Jahren an so einen Fortschritt geglaubt?

Neuschwabenland 2.12.5013

Kamerad Müller ist ein Schatz. Damit meine ich natürlich, dass sie eine Schaufel und eine Karte brauchen werden, um ihn wiederzufinden.

Neuschwabenland 3.12.5013

In all den Jahren habe ich viel Training gehabt und das ist auch nötig, um einen King-Size Twix zu essen. Es braucht eine besondere Geschicklichkeit, das Handgelenk so zu drehen, dass man die Kalorienangaben auf der Verpackung nicht lesen kann.

Neuschwabenland 4.12.5013

Habe heute Diana angewiesen, nur noch die 800er Happy Pills auszugeben, die 400er reichen einfach nicht mehr.

Neuschwabenland 5.12.5013

Jede Kippe verkürzt das Leben um drei Minuten, jede Curry-Wurst um zwei. Nach meinen Berechnungen müsste ich 1928 gestorben sein.

Neuschwabenland 6.12.5013

Der Weihnachtsmann im Kasino kann nicht der echte gewesen sein. Sein Bart war nicht flauschig genug und er küsste viel schlechter, als der die Jahre davor.

Neuschwabenland 7.12.5013

Zu dem heutigen Tag kann ich nur einen der großen Denker unseres Landes zitieren. Wie bereits Theodor Adorno in seinem Werk "Zur Metakritik der Erkenntnistheorie - Unveröffentlichte Anhänge" schrieb: "What the fuck?!"

Neuschwabenland 8.12.5013

Urlaub. Ich war heute nicht aus meiner Pyjamahose zu bekommen. Vielleicht, wenn man es mit Drogen und Sex versucht hätte. Aber selbst dann wäre es fraglich gewesen. Es kam allerdings auch niemand.

Neuschwabenland 9.12.5013

Für einen tapferen Landser ist jeder Zoo ein Streichelzoo. Kamerad Boris hat nach dieser Devise gelebt. Seine Beerdigung wird morgen sein.

Neuschwabenland 10.12.5013

Mein Tanzstil auf offiziellen Weihnachtsfeiern lässt sich am besten mit "Ausweichen vor einem Schwarm Hornissen" umschreiben.

Neuschwabenland 11.12.5013

Sollte jemals morgens ein Feuer in der Kantine ausbrechen und der Brandgeruch durch die Basis ziehen, werden sich alle Kameraden denken: "Mittag? Schon so früh?"

Neuschwabenland 12.12.5013

Wir leben in merkwürdigen Zeiten. Wer hätte gedacht, dass man mal als Konservativer oder Nazi vor der Wahl stehen würde: Bin ich jetzt gegen Russland oder bin ich gegen Schwule?

Neuschwabenland 13.12.5013

Mir ist es völlig egal, ob Kamerad Volkmar meint, dass das rassistisch sei. Für mich heißt die dicke Katze aus der Nachbarschaft Saddam Pussein und das bleibt auch so. Außerdem: Ich bin Nazi. Natürlich bin ich Rassist.

Neuschwabenland 14.12.5013

An Tagen wie diesen wünsche ich mich oft in das Haus meiner Oma zurück. Dort, wo man alle Lebenskrisen und Probleme noch mit Essen lösen konnte und die Therapie einfach Käsekuchen hieß.

Neuschwabenland 15.12.5013

So sehr ich auch die Tea Party Bewegung der USA auf unserer Seite sehe, ihr Glaube an den Kreationismus ist einfach völliger Unsinn. Wenn es so einen Schöpfer geben sollte, warum hat er sich dann ausgerechnet bei den Menschen keine Mühe mehr gegeben?

Neuschwabenland

"Lieber Kollege. Das Letzte, was ich möchte, ist dir weh zu tun. Aber es ist immer noch auf meiner Liste."

Ich haben den Zettel dann doch nicht auf den Schreibtisch meines Kollegen gelegt. Zum einen würde Kamerad Müller meinen Wunsch nicht verstehen und er würde immer noch schmatzend sein Wurstbrot essen, zum anderen würde es meiner Karriere auf Basis 211 abträglich sein. Also werde ich es weiterhin zu ignorieren versuchen. Auf dem TV-Sender der Basis läuft gerade die Weihnachtsfolge des Traumschiffs. Unsere einzige Verbindung zu unserer Heimat. Natürlich ist mir bewusst, dass man dort nur imperiale Propaganda sehen kann und dass es unsere Aufgabe ist, das Reich von dieser Knechtschaft zu befreien. Aber so schlecht sieht dieses imperialistische Captains-Dinner auch nicht aus. Ganz im Gegensatz zur Verpflegung in unserer Kantine.

Da ist die vorherrschende Farbe des Essens ein dumpfes Grün. Dumpf, denn wenn man irgendetwas in diese Pampe fallen lässt, ist der Ton dumpf. Leider hat die Farbe nichts mit frischem Gemüse zu tun, obwohl wir auf der Basis hydroponische Gärten haben. Der Koch ist einfach einfallslos und der Alte kann nicht mehr gut beißen. Aus "Kameradschaft" gibt es dann seinen Brei für uns alle. Was für den Führer gut ist, kann für uns nicht schlecht sein.

Neuschwabenland 16.12.5013

Das letzte Muffin war einfach zu viel. Mein Bauch ist so voll, dass ich nur noch auf dem Sofa liegen kann und jedem Passanten "Bringt mir Solo und den Wookie!" zurufe.

Neuschwabenland 17.12.5013

Wenn Kamerad Heiner noch einmal mein Gespräch über Star Trek mit einem "Möge die Macht mit dir sein" unterbricht, wird er meinen vulkanischen Scrotum-Griff zu spüren bekommen.

Neuschwabenland 18.12.5013

An der Tür steht "Ziehen"
Ich lese "Ziehen"
Ich denke: "Du musst ziehen."
Ich drücke.

Jede Tür.
Immer.

Neuschwabenland 19.12.5013

"Meine Damen und Herren - und ich sage das nicht ohne Nachdruck - denn ich spreche wohl für alle, wenn ich sage: Hmmpf." Die Worte unseres Kommandanten lassen jetzt noch Schauer der Motivation über meinen Körper laufen.

Neuschwabenland 20.12.5013

Ich warte jeden Tag darauf, dass Helene Fischer sich die Maske vom Gesicht zieht und "Ak! Ak! Ak!" wie bei Mars Attacks sagt. Die Alieninvasion steht uns nicht bevor, sie hat schon begonnen!

Neuschwabenland 21.12.5013

Jetzt könnte eigentlich mal so ein Bulgare kommen und mir diese langweilige Arbeit wegnehmen.

Neuschwabenland 22.12.5013

Selbst meine Dinosaurierunterwäsche gibt mir heute nicht das Gefühl der morgendlichen Euphorie und Geborgenheit.

Neuschwabenland 23.12.5013

Wir können Kartoffelchips mit Schoko-Minz-Geschmack herstellen, aber keine Frischhaltefolie, die nicht verheddert. Das soll die Zukunft sein?

Neuschwabenland 24.10.5013

Selbst mit der Theorie des Multiversums ist es völlig unmöglich, dass es irgendwo eine Realität gibt, in der ich wach bin.

Neuschwabenland 25.12.5013

Ich bin mir sicher, dass "ausreichend Schlaf" eine Urban Legend ist. Wie gesunder Menschenverstand und Einhörner.

Neuschwabenland 26.12.5013

Solange mein Kamerad das Rutschen in Socken über Parkett nicht als valides Bewegungsmittel ansieht, werden wir keine gemeinsame Zukunft im Büro haben.

Neuschwabenland 27.12.5013

Während der Telefonkonferenz um 7 Uhr mit Nordkorea heute eigentlich nur gezeichnet. Mein Werk trägt den Titel:

"Selbstbildnis als Pyjama Bin Laden. Anführer eines weltweiten Bettennetzwerkes. Für seine Schlafattacken gefürchtet."

Neuschwabenland 28.12.5013

Ich habe heute in der Zeitung gelesen, dass Kirchen "sexuelle Vielfalt" ablehnen. Das lässt für mich nur den Schluss zu, dass Sex mit Messdienern endlich normgerecht ist.

Neuschwabenland 29.12.5013

Kein Wunder, dass mit der Jugend nichts mehr anzufangen ist. Heute wachsen Kinder doch auf, ohne den psychische Druck durch die Verführung einer Schokoladenzigarette zu kennen.

Neuschwabenland 30.12.5013

Ich habe damit begonnen, detaillierte Verträge für Auftragsmorde zu schreiben und sie dann in den Papiermüll zu werfen. Für den Fall, dass der Hausmeister wieder im Müll wühlt.

Jänner

HARTUNG 5014

atlantischer Zeitrechnung

Monatsbefehl: Handgranaten statt Böller.

Neuschwabenland 1.1.5014

Irgendwann werde ich ihn treffen. Diesen kurze Moment der Mikrowelle zwischen: "Meh, noch kalt." und "Verfickte Kackscheiße, ist das HEISS!"

Neuschwabenland 2.1.5014

Das Einzige, was ich bei diesem "Erwachsen sein" wirklich gut hinbekomme, sind die Rückenschmerzen.

Neuschwabenland 3.1.5014

Ein Alptraum. Diesen Tag möchte ich nicht wieder erleben. Ich war mit Sigrun, Dieter, Hans-Georg und Blondie für vier Stunden im Fahrstuhl eingesperrt. Vrilausfall. Nichts ging mehr. Die Vril-Damen hätten einen Bad Hair Day gehabt, wurde später erklärt. Es ist mir völlig egal, ob ihre Dauerwellen liegen. Ohne Vril sind wir ohne Strom. Und ohne Strom sind wir ohne Fahrstuhl! Die ersten 30 Minuten sind noch ganz erträglich. So lange kann man immer neue Details auf seinen Schuhspitzen erkennen. Die nächsten 30 Minuten kann man mit den Schuhspitzen der anderen ausfüllen. Aber dann... Dann wird es schwierig. Zuerst ist nur ein Räuspern zu hören. Das Vorspiel zu einer zarten Konversation, ein Hüsteln, aber dann bricht es aus dem Ersten heraus: "Ich müsste mal auf den Abort!" Nun wird die Situation wirklich angespannt, denn zum einen bemerkt man die eigene Blase und zum anderen versucht man, auf dem engen Raum Abstand von dem Urinal-Gedrängten zu gewinnen. Natürlich ohne Erfolg. Dann das leise Plätschern. Betretene Blicke zu Boden. Schamesröte. Sie können mir glauben, danach ist es wirklich schwierig, eine belanglose Konversation zu führen. Sigrun versuchte das Eis zu brechen, in dem sie von ihrem Aquarium erzählte und dass die Pumpe dort nicht gut eingestellt ist. Es hat nicht wirklich geholfen, sondern ein weiteres Opfer gefordert.

Neuschwabenland 4.1.5014

So sehr ich den Fortschritt und die Technik auch schätze, sie hat auch echte Verluste auf dem Weg mit sich gebracht. Ich rede jetzt nicht von der Musikbranche oder dem Buchhandel. Das ist ein Zeichen der Zeit, wir haben auch keine Pferdekutscher oder Stummfilmpianisten mehr. Eine große Kultur ist verloren gegangen. Die Kunst der freien Rede. Selbst große Redner wie der Alte oder Göbbels stehen mittlerweile einsilbig vor ihrer Power Point Folie mit animierten Stichworten in Größe 8pt.

Der Plan der Amerikaner, uns im Kern zu schwächen, geht auf!

Neuschwabenland 5.1.5014

Kamerad Holzmann hat gestern mit Kippen und Kohlenhydraten aufgehört. Ich bewundere seine Stärke und seinen Willen, diese Entscheidung durchzuhalten. Wir haben allerdings auch einige Wetten laufen, wann er sich die erste Brezel anzünden wird.

Neuschwabenland 6.1.5014

Ich habe meinen Roman mit Eskimoerotik vorerst zurückgestellt. Ich wurde mit dem Thema nicht warm. Aber ich will das Schreiben nicht aufgeben. "Bist du da, Salz? Ich bin es, Tequila." heißt mein neues Werk und ich hoffe, mit diesem Kinderbuch auch Erwachsene anzusprechen.

Neuschwabenland 7.1.5014

Die körperliche Ertüchtigung eines jeden Neuschwabenländers ist immens wichtig. Daher mache ich noch vor dem Aufstehen jeden Morgen sechs Sit-Ups. Öfters lässt sich der Snooze-Button meines Weckers leider nicht drücken.

Neuschwabenland 8.1.5014

Wir haben wieder einige Agenten auf Mission in die alte Heimat geschickt, um dort die Gesellschaft zu instabilisieren. Ab morgen werden sie mit ihren Fahrzeugen mit eingeschalteten Rückfahrleuchten einfach nur auf den überfüllten IKEA-Parkplätzen stehen. Ich erwarte, dass abends in der Tagesschau von ersten Ausschreitungen berichtet wird.

Neuschwabenland 9.1.5014

Im Zusammenhang mit der IKEA-Mission habe ich heute auch gelernt, dass es sich bei dem bekannten "Stockholm-Syndrom" nicht um den Zwang handelt, in diesem Möbelhaus Kerzen zu kaufen.

Neuschwabenland 10.1.5014

Die Agenten sind zurück. Es gab leider keine größeren Ausschreitungen, aber einige kleinere Schlägereien. Mit kleinen Schritten kommt man auch ans Ziel. Die Agenten berichtet davon, dass die Navigationsgeräte bei einigen Stadtteilen die Meldung "Leg mich ins Handschuhfach und halt um Himmels willen nicht an!" gegeben hätten. Ich werde die Software mal überprüfen lassen.

Neuschwabenland 11.1.5014

Ich habe heute einen Cocktail aus Weißwein, Rotwein, Maggi und vergorenem Apfelsaft erfunden. Mit anderen Worten, ich muss dringend wieder den Kühlschrank auffüllen.

Neuschwabenland 12.1.5014

Schon wieder bei der ärztlichen Routineuntersuchung gewesen. Der häufige Rhythmus dieser Untersuchungen und dass der Mannschaftsarzt nach meinem Safe Word gefragt hat, macht mich doch langsam misstrauisch.

Neuschwabenland 13.1.5014

Wieder einmal ist es unseren Forschern gelungen, die amerikanische Propaganda zu widerlegen! Die beliebte Zeichentrickserie "Tom & Jerry" entspricht nicht der Realität. In mehrfachen Versuchen konnten die Wissenschaftler belegen, dass wenn man eine Katze gegen einen Holzzaun wirft, sie kein katzenförmiges Loch hinterlässt. Stümper!

Neuschwabenland 14.1.5014

Diese kleinen, gelben Post-Its sind wirklich eine unglaubliche Erleichterung bei meiner Arbeit. Sie helfen mir dabei, dass ich wichtige Dinge nicht vergesse:

Abrechnung machen.
Ist die Kaffeemaschine aus?
Fenster zu!
Ausländer raus.

Neuschwabenland 15.1.5014

Neben unseren bekannten Aufgaben, wie die Weltherrschaft des vierten Reiches vorzubereiten und die Menschheit mit

Ufo-Sichtungen nervös zu machen, haben wir auch eine wichtige, ökologische Aufgabe übernommen. Das Weltklima ist durch Menschenhand im Wandeln und das empfindliche Ökosystem der Polkappen verändert sich. Langsam schmilzt das Eis, so dass viele Lebewesen keine natürliche Heimat mehr haben. In der Arktis sind die Eisbären bedroht und sterben langsam aus. Was aber wenige wissen: Es handelt sich hierbei um ein empfindliches Gleichgewicht! Wenn die Population der Eisbären in der Arktis nicht mehr mit der Population der Pinguine in der Antarktis in Relation ist, wird die Erde umkippen! Das ist simple Physik, die man einem Grundschüler erklären könnte. Aus unerfindlichen Gründen tut das aber niemand! Unsere effektiven Stoßtrupps der Wehrmacht sorgen aber dafür, dass dieses Gleichgewicht erhalten bleibt und die Erde sicher weiter existiert. Mit solchen Aufgaben kennen wir uns gut aus.

Neuschwabenland 16.1.5014

Ab heute beginnt wieder die Bundesliga in der Heimat und alle Kameraden finden sich im Kasino ein. Mich interessiert das wenig, wenn ich sehen will, wie Männer verzweifelt versuchen zu punkten, gehe ich auf die Ü30 Party am Monatsende.

Neuschwabenland 17.1.5014

Merken: Fast alle Probleme im Leben können mit einem Cocktail, Schokolade, einem Nickerchen oder Ignoranz gelöst werden.

Neuschwabenland 18.1.5014

Die Papierhandtücher auf der Herrentoilette waren schon wieder aus. Aber der Kamerad hat sich gefreut, dass ich ihm so lange und aufmunternd auf die Schulter geklopft habe.

Neuschwabenland 19.1.5014

Durch unsere, von der Außenwelt abgeschnittene Lage, müssen wir seit einigen Jahren Abstriche beim Ariernachweis machen. Insgesamt hat es der Basis sehr gut getan und Ehen innerhalb einer Familie deutlich verringert. In den 90ern hatten wir hier Zustände, die nur noch von kleinen Dörfern in der Eifel übertroffen wurden. Mittlerweile reicht es als Nachweis reiner Rasse völlig aus, dass man einer langen Reihe stolzer Eltern entstammt.

Neuschwabenland 20.1.5014

Ich habe mich heute krank gemeldet, da ich fürchterliche Kopfschmerzen hatte. Auf dem Sofa in meinem Zimmer liegen und dabei leidend in den Reichsempfänger starren, war das Einzige, das noch ging. Wie auf der ganzen Welt laufen auch bei uns im Nachmittagsprogramm ausschließlich Kochsendungen. "Feldverpflegung a la carte" - "Mit Esbit zum Glück" oder "Die Gulaschkanone - Kochen für die Truppe". Ziel der Sendungen soll es sein, die Kameraden von einer gesunden Ernährung zu überzeugen und möglichst realitätsnah zu bleiben. Ich finde die Sendungen aber völlig unrealistisch. Meiner Meinung nach sollte jede Sendung mit jemandem beginnen, der zehn Minuten seufzend in den Kühlschrank schaut, die Tür schließt und sie direkt danach wieder öffnet - diesmal mit einer Hand an der Hüfte - und dann den Kopf schüttelt. Das wäre nah am Leben.

Neuschwabenland 20.1.5014

Nachtrag: Außerdem müsste ein guter Teil der Sendung darin bestehen, dass der Koch noch mal im Altpapier wühlt, um die Backzeit der Pizza herauszufinden.

Neuschwabenland 21.1.5014

Nie ist der Gefreite Sandner greifbar, wenn ich mal Huckepack durch den Flur hüpfen will.

Neuschwabenland 22.1.5014

Gestern Abend habe ich nach sieben Jägermeistern doch noch endlich meine Steuern gemacht: Vier Leibeigene, zwei Millionen in kenianischen Rubeln und einige Mondkrater auf der abgewandten Seite.

Heute kommen mir doch Zweifel an dieser Rückzahlung.

Neuschwabenland 23.1.5014

Ich hatte eine Nachricht auf meinem Anrufbeantworter, dass ich eine Email bekommen hätte und eine Email, dass man mich angerufen hätte. Falls es einen Riss im Universum geben sollte, kenne ich den Schuldigen.

Neuschwabenland 24.1.5014

Wenn jeder Tag wirklich ein Geschenk des Lebens sein soll, dann war dieser irgendwo zwischen Schiesser Doppelripp mit Eingriff und Regalnippes.

Neuschwabenland 25.1.5014

Ich will ja nicht angeben, aber ich kann jeden Arbeitsauftrag bekommen, den ich nicht will.

Neuschwabenland 26.1.5014

Zu meinen Aufgaben gehört es auch die, von den Feldjägern aufgegriffenen Kameraden, ihrer gerechten Strafe zuzuführen. Dabei wird mir oft vorgeworfen, ich sei gefühllos. Eine völlig haltlose Unterstellung, ich habe ständig dieses nagende Hungergefühl auf Schokolade.

Neuschwabenland 27.1.5014

Mein Plan B ist meistens Plan A bitterlich zu bereuen.

Neuschwabenland 28.1.5014

Dieses peinliche Schamgefühl, wenn man nur Kondome und Salatgurke auf dem Einkaufszettel stehen hat, erklärt meine große Sammlung an Wäscheklammern. Warum mir die freundliche Verkäuferin aber immer auch eine Wundsalbe für empfindlichen Stellen wie Brustwarzen empfiehlt, weiß ich immer noch nicht.

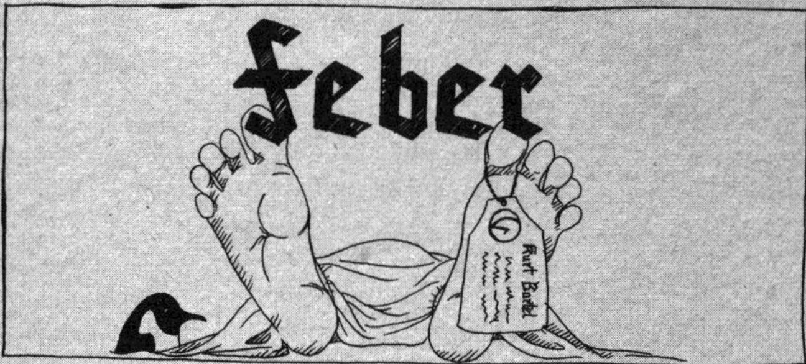

HORNUNG 5014

atlantischer Zeitrechnung

Monatsbefehl: Betrunken die Große Alten in Reizwäsche beschwören.

A) Ich muss dringend mit dem Leibarzt vom Führer sprechen, er muss die Dosierung der Medikamente ändern.

B) Verblüffend, wie viele Kameraden Reizwäsche besitzen.

Neuschwabenland 1.2.5014

Nicht nur wir arbeiten am Supersoldaten, auch die USA haben Versuche in der Richtung gemacht, aber nur ein Modell zur Serienreife gebracht. Nun gut, vielleicht zwei, wenn man den wissenschaftlichen Schriften glauben kann. Die Amerikaner sind so ein dummes Volk, dass sie diese Schriften bebildert herausbringen. Wahrscheinlich begreift sie sonst keiner dieser Imperialisten. Wie dem auch sei, der erste ihrer Supersoldaten ist damit bestraft, in einem körperengen Kostüm mit Schildern zu werfen. Laut ihrer Aufzeichnungen gegen einen Nazi, der deutliche Probleme mit seinem Blutdruck hat und daher immer rot im Gesicht ist. Ich kenne wirklich jeden noch im Dienst befindlichen Nazi. So jemanden gibt es nicht. Auch wenn ich zugegen muss, dass einige der Kameraden wirklich Probleme mit ihrem Blutdruck haben.

Der andere Supersoldat ist noch abstruser, aber eine neuere Entwicklung der Amerikaner. Er hat zwar ein unglaubliches Heilfleisch, aber immense Probleme mit Autorität. Sein Körper wurde mit Metall verstärkt und als Waffe kann er Krallen ausfahren. Diese Amerikaner... Krallen! Aber es wird noch besser, laut ihren eigenen Aufzeichnungen schicken sie diesen Soldaten in erster Linie gegen einen Terroristen, dessen besondere Fähigkeit es ist, Metalle zu beeinflussen und zu beherrschen. Metall! Da ist ein metallener Supersoldat ja genau die richtige Waffe gegen. Auf so dumme Ideen wäre nicht mal der Führer gekommen und das will schon etwas heißen. In den Forschungsberichten wird noch von einigen anderen Spezialkräften berichtet, die aber alle nicht dem Militär unterstehen. Dennoch sind einige dieser Berichte, gerade in Richtung Mutation, recht spannend. Ich frage mich, wie lange es dauert, bis sich so eine Mutation durch einen Tierbiss zeigt? Den Mückenstich habe ich jetzt schon einige Tage und es ist noch nichts passiert.

Neuschwabenland 2.2.5014

Auch hier in Neuschwabenland sollte man immer die Ruhe und die Zeit finden, einem dicken Kind mit schwerem Tornister beim Sprint zum Schulbus zuzusehen.

Neuschwabenland 3.2.5014

Wieder Bauarbeiten im Bürotrakt. Ich musste mitansehen, wie der dicke, haarige Bauarbeiter sich sorgfältig die Unterhose auf seinem Gesäß gerichtet hat. Ich muss im letzten Leben Hundebabys geschlachtet haben, dass ich mit diesem Anblick bestraft werde.

Neuschwabenland 4.2.5014

Die Lieferung neuer Filme für das Kinoprogramm im Kasino kam heute an. Sie bestand fast nur aus Fortsetzungen bekannter Blockbuster. Dabei würde die Vorgeschichte bei vielen Filmen auch sehr interessant sein. "Mohikaner! Überall Mohikaner!" würde ich persönlich zum Beispiel sehr gerne sehen.

Neuschwabenland 5.2.5014

Leider ist es nur bei Kleinkinder sozial akzeptiert, beim Anblick von hässlichen Menschen laut zu schreien und zu weinen. Sollte ich aber noch eine weitere Folge "Hitparade der Volksmusik" sehen müssen, werde ich mit dieser Konvention brechen.

Neuschwabenland 6.2.5014

Wir müssen uns wieder mehr für den Erhalt der deutschen Sprache einsetzen, sagte der Kommandant heute zu mir. Keine andere Sprache der Welt sei so logisch und so schön wie unsere Sprache. Prinzipiell stimme ich ihm zu, habe aber auch einige Einwände - die ich natürlich nicht laut äußere.

Zum Beispiel hat das Wort "Umlaut" drei Vokale und keinen einzigen Umlaut. Oder "phonetisch". Das wird nicht mal mit f geschrieben. Ich glaube, das ist der Grund, warum die Aldeberaner gleich in der holen Erde verschwunden sind. Wir sind noch nicht so weit.

Neuschwabenland 7.2.5014

Die gestrige Partie im Kasino war doch länger und feucht-fröhlicher als gedacht. Ich habe heute morgen fast zehn Minuten versucht, mich ins Aquarium einzuloggen.

Neuschwabenland 8.2.5014

Dieser amerikanische Soldat mit den Krallen an den Händen geht mir nicht aus dem Sinn. Vielleicht verheimlichen die Amerikaner etwas in ihren Berichten. Ich werden Kamerad Stümmle morgen mal die Brieföffner mit Tesa an die Hände kleben und ihn ins Eisbärengehege schicken. Wenn doch etwas daran sein sollte, haben wir dann Gewissheit.

Neuschwabenland 9.2.5014

Stümmle ist auf der Krankenstation. Aus meiner Sicht hat er sich nicht einmal Mühe gegeben.

Neuschwabenland 10.2.5014

Im 21. Jahrhundert nehmen wir auch hier Terrordrohungen sehr ernst. Ich nutze immer besonderes Briefpapier und prüfe zweimal auf Rechtschreibfehler. Diese Aufgabe ist eine der wenigen, die einfacher geworden ist. Früher musste man seine Anschläge komplett durchplanen und technisch aufwendig in Szene setzen. Heute muss man nur einen Koffer am

Bahnhof abstellen und der Verkehr ist für Stunden zusammengebrochen. Im Sommer oder im Winter können wir sogar auf die Koffer verzichten. Die Bahn sorgt ganz alleine für die Zwischenfälle.

Neuschwabenland 11.2.5014

Wenn man täglich mit Flugscheiben und Außerirdischen zu tun hat, bekommt man schnell eine andere Sicht auf das Universum. Wir leben hier in nur einer aus einer Vielzahl von möglichen Versionen der Realität. Daher gehe ich fest davon aus, dass in einem Paralleluniverum mein kleiner Zeh gerade das Tischbein blutig prügelt, während ich in unserem Universum noch etwas umherhumpeln werde.

Neuschwabenland 12.2.5014

Ich war heute auf der Krankenstation, um meine Mittelohrentzündung behandeln zu lassen. Es stellte sich heraus, dass es doch "nur" der Xavier Naidoo Song aus dem Nachbarbüro war.

Neuschwabenland 13.2.5014

Ich habe eine hervorragende Methode zur Steigerung der persönlichen Fitness gefunden, bei der man auch noch Zeit spart. Kein stundenlanges Training im Studio oder Stunden auf der Aschenbahn. Man muss nur am frühen Morgen in ein Spinnennetz vor der Tür laufen und man kann eine Stunde Tai-Chi in unter einer Minute trainieren.

Neuschwabenland 15.2.5014

Es ist mitten in der Nacht. 03:47 Uhr, um genau zu sein, falls diese Angabe später mal benötigt werden sollte. Ich konnte nur schlecht einschlafen, was ich zum Teil der extra großen Tüte Gummibärchen zuschreibe, aber in erster Linie drehten sich meine Gedanken die ganze Zeit um die Worte von Traute: "Die Zeiten, die noch nicht entdeckt sind." Ich glaube mittlerweile, dass sie diesen Satz nicht metaphysisch meinte, sondern sehr real. Mir fehlt eine Zeit. Nur welche? Zeit zum Nachforschen? Ein Zeitraum, in dem der Täter unterwegs war? Ein Termin, den ich nicht kenne oder falsch bewertet habe?

Was wäre wenn... es gar keinen Täter gibt, sondern es sich um einen Unfall handelt? Um einen sehr bizarren Unfall? Ich muss unbedingt Paula morgen nach den Obduktionsergebnissen von Kurt fragen! Wenn das wahr wäre!

Neuschwabenland 16.2.5014

Ich hatte recht! Ich HATTE recht! Paula bestätigte meine Vermutung, dass Kurts Laborwerte völlig normal waren, bis auf eine Ausnahme: Sein Blut war praktisch durch Testosteron ersetzt. Paula meinte, dass es sie gewundert hat, wie er überhaupt bis zur Kantine hatte laufen können. Sie hatte sich diese extremen Messwerte mit dem Leben auf einer Militärbasis erklärt und daher für nicht weiter wichtig erachtet. Im großen Zusammenhang ist er aber sehr wichtig! Ebenso wie die leicht geröteten Stellen am Schädel des Opfers. Ein winziges Detail, welches aber perfekt in mein Bild passt. Es sind genau die Stellen am Schädel, wo die Sensoren für den Vril-Projektor angebracht werden. Damit ist der Hergang für mich völlig eindeutig: Kurt hat am Tag des "Mordes" seine freie Zeit ohne Renate genutzt, um sich ein paar schöne Stunden mit dem Vril-Projektor zu machen. Da er den ganzen Vormittag dafür Zeit hatte und sein Blut voller Hormone war, liegt der Verdacht nahe, dass er diese Zeit komplett ausgenutzt hat und erst zur Mittagspause den Projektor wieder ablegte. Womit wir bei dem Detail wären, dass ich die ganze Zeit nicht gesehen habe. Kurt wollte abends zum Lebensborn-Club, um neue Arier zu zeugen. Renate hat mir erzählt, dass Kurts Libido nach der Benutzung des Projektors deutlich zu wünschen überließ. "Samenleer", nannte sie es. Ein Zustand, den man an einem Abend zum Helden zeugen sicher nicht haben möchte. Schon gar nicht, wenn man politisch von seinem Auftrag überzeugt ist. Also blieb Kurt nur ein Weg über: Er musste sich den befreienden Ausgang seiner angeregten Träume verbieten und bis zum Abend aufheben. Vielleicht wollte er mit dieser Art des Vorspiels einen besonders guten Eindruck bei seinen Lebensbornfreunden machen? Den Rekord von Heini "Der Hengst" Hinrichs einstellen? Egal, was seine Motivation auch gewesen sein mag, die Folge war letal. Wären es nur die Hormone gewesen, hätte Kurt wahrscheinlich nur unter heftigen Kavaliersschmerzen bis zum Abend gelitten. In Verbindung mit der Vril-Energie allerdings... Wie Traute sehr anschaulich die Flugscheiben erklärte:

"...halten wir die Vrilenergie auf, stören ihren Fluss und bringen sie so zur Explosion..."

Genau das ist Kurt auch zugestoßen. Kein Mord durch okkulte Kräfte, sondern ein Unfall mit der Wissenschaft. Der Fall ist abgeschlossen und ich bin meiner Beförderung etwas näher. Den Projektor konfisziere ich. Zur Sicherheit der Basis und rein wissenschaftlichen Zwecken natürlich.

Neuschwabenland 17.2.5014

Im Rest der Welt wird die Zombieapokalypse nicht ernst genommen und als moderne Popkultur gesehen. Wir wissen es natürlich besser und bereiten uns vor. Eine der Verteidigungsmaßnahmen wird sein, morgens keinen Kaffee zu trinken. Wir werden problemlos in der Masse mitlaufen können.

Neuschwabenland 18.2.5014

Ich habe endlich eine Methode gefunden, durch die ich nicht mehr während der Arbeit von den Kameraden genervt werde. Ich lege einige Gummibären mit abgebissenem Kopf auf dem Schreibtisch auf und sobald mir jemand eine dumme Frage stellt, beiße ich einem weiteren den Kopf ab und blicke den Kameraden gefühllos an. Meine Geste wird verstanden.

Neuschwabenland 19.2.5014

Der Duft von Geschmacksverstärkern, Fett und Wurstwasser hängt heute morgen appetitlich über der Kantine.

Neuschwabenland 20.2.5014

Ein wenig bin ich auch der Therapeut auf der Basis. Die Kameraden kommen gerne mit ihren großen und kleinen Problemen zu mir, da sie wissen, dass sie bei mir immer ein offenes Ohr, vor allem aber einen guten Rat finden werden. So war heute Kamerad Gerhard bei mir, da er die Sinnhaftigkeit seiner Existenz anzweifelte und zutiefst betrübt war. Mit ein paar simplen Worten konnte ich ihn aber wieder aufbauen. Ich habe ihm gesagt, dass er sich nicht grämen soll, denn kein Mensch sei ohne Sinn auf der Welt. Seiner sei es eben, mit dem Gedanken an ihn den vorzeitigen Orgasmus zu verhindern.

Neuschwabenland 21.2.5014

Auf dem Weg in den Kartenraum das Kampfkommando "Sahnetörtchen" überholen und den Fahrstuhl mit einem Post-It auf der Lichtschranke im 6. Stock festhalten. Es sind die kleinen Freuden des Alltags, die mir das Leben hier erträglich machen.

Neuschwabenland 22.2.5014

Ich fühle mich etwas blümerant und habe daher Diana gebeten, alle meine Termine für heute abzusagen. Mit einer echten Männergrippe ist nicht zu spaßen. Daher verbringe ich den heutigen Tag auf der Couch und schaue alle Godzilla-Filme. Es gibt keine bessere Genesungshilfe, als Großstädte in Schutt und Asche zu sehen. Außer der eigenen natürlich und selbst da können wir beachtliche Erfolge aufweisen.

Neuschwabenland 23.2.5014

Die jungen Kameraden glauben mir nicht, dass wir damals noch einen Igel blau anstreichen und auf Koks setzen mussten, um Sonic zu spielen.

Neuschwabenland 24.2.5014

Irren ist menschlich, vergeben göttlich. Beides gehört nicht zu meiner Corporate Policy auf der Basis. Die Kameraden werden dies in Zukunft merken. Ich will mich ja nicht immer mit ihnen streiten, aber ich kann sie auch nicht in dem Glauben lassen, dass sie recht hätten.

Neuschwabenland 25.2.5014

Die ganze Welt außerhalb der Basis ist einem Sicherheitswahn erlegen. Zigaretten, die von selber ausgehen, Helme beim Rad fahren. Ich vermisse die Zeiten, als man sein Feuerzeug noch auf "flammendes Inferno" stellen konnte und dann auf dem Tisch liegen ließ.

Neuschwabenland 26.2.5014

Schachturnier auf der Basis. Ich bin gespannt, ob ich meinen Titel verteidigen kann. Letztes Mal konnte ich jede Partie in fünf Zügen gewinnen, da jeder meiner Gegner von meiner Baseballschläger-Eröffnung überrascht wurde. Ich nenne diese Variante das Skinhead-Strategem.

Neuschwabenland 27.2.5014

Wir machen uns große Sorgen um unseren größten Förderer in der alten Heimat. Niemand sonst hat es geschafft, so viele Menschen in Deutschland für unsere Situation zu interessieren und mit steten Wiederholungen seiner Botschaft das Publikum völlig gefügig zu machen. Was sollen wir hier nur ohne Guido Knopp tun? Wer wird nach seinem Abgang noch so spannende Sendungen wie "Hitlers Haustiere - Im Körbchen mit Blondie" drehen? Als Dank für die langjährige Unterstützung produzieren wir bereits "Hitlers Historiker - Guido Knopp: Im Spannungsfeld zwischen Langeweile und Offensichtlichem."

Neuschwabenland 28.2.5014

Wie jeder gute Deutsche schimpfe auch ich über einen Benzinpreis von 1,50, um mir dann einen Ausbeuterkaffee in einer Starbucks-Filliale zu kaufen. Wie zum Beispiel jetzt.

Epilog

Mit diesem letzten Eintrag endet das Tagebuch des Adjutanten Friedrich von Humpitz.

Aber auch mit diesen Fakten und Beweisen über die Existenz einer Nazi-Basis am Südpol, werden die Zweifler weiter über die wahren Wissenden spotten.

Wir aber kennen nun die Wahrheit und werden mit anderen Augen auf die Weltpolitik blicken. Und auf Pinguine.

ENDE

9.2.2014

Der Autor

Alex Jahnke wurde zu spät für die Jagd nach der Bundeslade geboren und beschränkt seine Expeditionen daher auf die Entdeckung zweifelhafter Internet-Schätze. Der Lebenswandel als verarmter Dandy lässt ihm wenig Zeit für seine Hobbys, was aber niemals einer guten Pfeife oder einem Gin Tonic im Wege steht. Nach mehreren vergeblichen Versuchen die Vril-Energie für sich zu nutzen, reist er nur noch aus touristischen Gründen oder zur Kur nach Agartha.

Für sein Buch ***Steampunk – kurz & geek*** (O'Reilly, 2012) erhielt er den Deutschen Phantastik Preis.

Jahnke lebt in Marburg, wo man laut Goethe kein Fach, sondern das Leben studiert. Das Studium ist bis heute nicht beendet.

Danksagung

Jeder kennt das: Man schlägt ein Buch auf und blättert zu den Danksagungen, ob

a) dem Autor irgendetwas Kluges eingefallen ist

oder

b) der eigene Name darin auftaucht (falls man den Autor kennt oder man sehr von sich überzeugt ist).

Etwas Kluges gibt es nicht, aber ein paar Menschen sollen hier ihren Namen lesen. Das haben sie sich verdient.

Caro – Für die Eisbär-Migranten.

Thorje – Für die Erfindung des einzig wahren Neuschwabenlandgrußes.

Selina – Für Schreibsprints und Tritte vor das Schienbein.

Volker – Dafür, dass er mich zum Schreiben gebracht hat.

Nicole – Für die Uniform und ihre Umsetzung.

Milan – Für das Cover und Design.

Ari – Für die Illustrationen. Ich verspreche, du wirst so schnell keine Pinguine mehr zeichnen müssen.

Bine – Für die Inspiration.

Edie Calie
3 a.m.
152 Seiten, DIN A5, Broschur
ISBN 978-3-939459-73-6
12,00 €

Der abgefahrenste diskordianische Roman seit der *Illuminatus*-Trilogie!

Soll Jesus von Nazareth nackt oder im pinken Anzug der neuen *Dolke & Kabbana* Kollektion ans Kreuz genagelt werden? Welche Botschaft erfährt Roberto Calvario in der Palmblattbibliothek? Hat Monica Catherow wirklich einen Pakt mit dem Teufel geschlossen oder warum sind ihre verstörenden Filme so erfolgreich? Was ist das für eine seltsame Sprache, die *Yoko Ono Syndrom* bei ihrem Konzert verwenden und warum beginnt das Publikum daraufhin sich orgiastisch am Boden zu wälzen? Und was hat es mit diesem seltsamen, okkulten Symbol auf sich, das plötzlich in der ganzen Stadt auftaucht? 23 – Ist die Menschheit wirklich durchgedreht?

Zumindest in **3 a.m.** ist Verrücktheit nichts Außergewöhnliches. Menschen brabbeln unzusammenhängendes Zeug, vorzugsweise 3 Uhr morgens, eine Selbstmordwelle erfasst die Stadt in ferner Zukunft und dezimiert die Bevölkerung genauso, wie in jener Nacht in den 80er Jahren, in der die Bäume aufhörten sich zu bewegen und die Herzen von Alten und Säuglingen aufhörten zu schlagen. Die Zeichen deuten auf ein Ende der Menschheit, doch welcher der Protagonisten hat eigentlich Schuld in einer dreidimensionalen Zeitrechnung?

Jesus trifft auf die heilige Hure Babalon, henochische Anrufungen vermischt mit Kaffeehausatmosphäre, Verschwörungstheorien treffen auf lovecraft'sche Monster und das obwohl 1984 nicht als Gebrauchsanweisung gedacht war – **3 a.m.** ist ein okkulter, ironischer und postmoderner Roman der Extraklasse.

Die alten Götter

Kurze Geschichten von Asen, Vanen & Menschen

144 Seiten, 12 x 18 cm, Broschur
ISBN 978-3-939459-76-7
9.95 €

Zahlreiche Sagen und Geschichten sind uns über die Götter unserer Ahnen überliefert: in den skandinavischen Eddas, den nordischen Sagen oder auch in vielfachen lokalen Bräuchen. Seit dem Ende des Mittelalters scheinen die alten Feuer aber erloschen zu sein. Dass dies nicht so ist, beweisen die Autoren dieser Anthologie mit ihren Geschichten und Märchen.

Frija und Wotan begleiten Jahwe zum Arbeitsamt, niemand bemerkt eine heilige Prozession außer einem neunjährigen Jungen, ein Schwur der Ahnen führt zu einem spannenden Rätsel, Loki und Thor treten als Comedy-Duo auf, es kommt zu einer schicksalhaften Begegnung mit den Nornen, und vom Schicksal handelt auch die Geschichte vom Fenriswolf. Dies ist nur ein kleiner Ausblick auf die abwechslungsreichen Erzählungen in diesem Buch ...

Die Geschichten dieser Anthologie sind:

Rex Dildo von Luci van Org
Loki und der Bauer Geiz von Yoenix
Am Brunnen von Olaf Schulze
Nichtraucher von Axel Hildebrand
Die Lektion von Christopher McIntosh
Schicksal von Patricia Becker
Die Nornen und der Pilz von Petra Bolte
Die Schwüre meiner Vorfahren von Knut Mende
Bielefeld von Sebastian Bartoschek
Hardmors Begegnung von Elfriede Lack